U0561445

Staread
星文文化

零时者 现场

[日] 中山七里 著
曾婳 译

北京日报出版社

图书在版编目（CIP）数据

零目击者现场 / （日）中山七里著；曾妘译 . -- 北京：北京日报出版社，2024.9
ISBN 978-7-5477-4950-0

Ⅰ.①零… Ⅱ.①中…②曾… Ⅲ.①长篇小说—日本—现代 Ⅳ.①I313.45

中国国家版本馆 CIP 数据核字 (2024) 第 090359 号

SHUKUSAI NO HANGUMAN BY NAKAYAMA SHICHIRI
COPYRIGHT © 2023 NAKAYAMA SHICHIRI
ALL RIGHTS RESERVED.
ORIGINAL JAPANESE EDITION PUBLISHED BY BUNGEISHUNJU LTD., IN 2023.
CHINESE (IN SIMPLIFIED CHARACTER ONLY) TRANSLATION RIGHTS IN PRC RESERVED BY TIANJIN STAREAD CULTURAL COMMUNICATION CO., LTD. UNDER THE LICENSE GRANTED BY NAKAYAMA SHICHIRI, JAPAN ARRANGED WITH BUNGEISHUNJU LTD., JAPAN THROUGH THE ENGLISH AGENCY (JAPAN) LTD., JAPAN. AND CA-LINK INTERNATIONAL LLC, CHINA.

北京版权保护中心外国图书合同登记号：01-2024-4479

零目击者现场

出 品 人：	柯 伟
选题策划：	刘思懿
责任编辑：	王 莹
特约编辑：	刘思懿
封面设计：	尬 木
版式设计：	修靖雯
出版发行：	北京日报出版社
地　　址：	北京市东城区东单三条 8-16 号东方广场东配楼四层
邮　　编：	100005
电　　话：	发行部：（010）65255876 总编室：（010）65252135
印　　刷：	北京盛通印刷股份有限公司
经　　销：	各地新华书店
版　　次：	2024 年 9 月第 1 版 2024 年 9 月第 1 次印刷
开　　本：	880 毫米 ×1230 毫米　1/32
印　　张：	8.25
字　　数：	198 千字
定　　价：	49.80 元

版权所有，侵权必究，未经许可，不得转载

目录

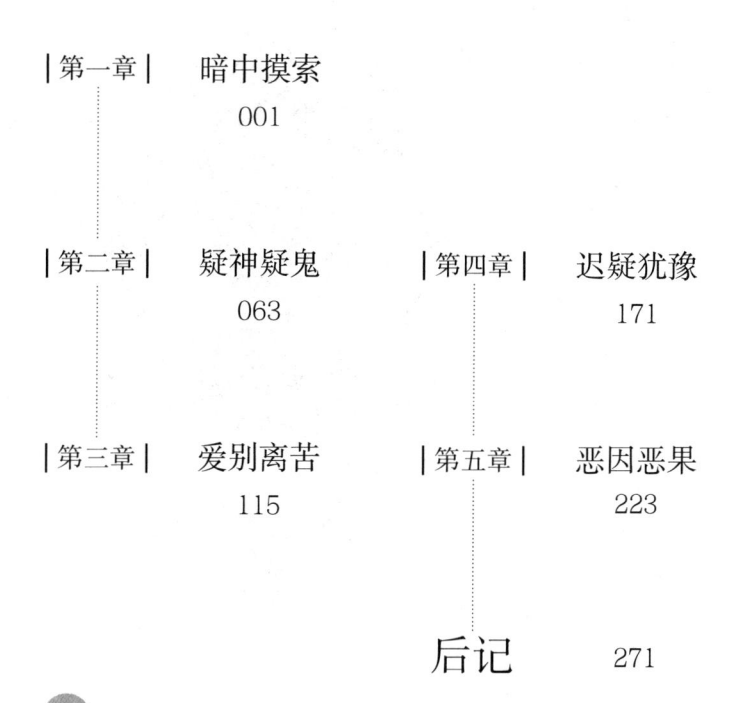

| 第一章 | 暗中摸索
001

| 第二章 | 疑神疑鬼
063

| 第四章 | 迟疑犹豫
171

| 第三章 | 爱别离苦
115

| 第五章 | 恶因恶果
223

后记　　271

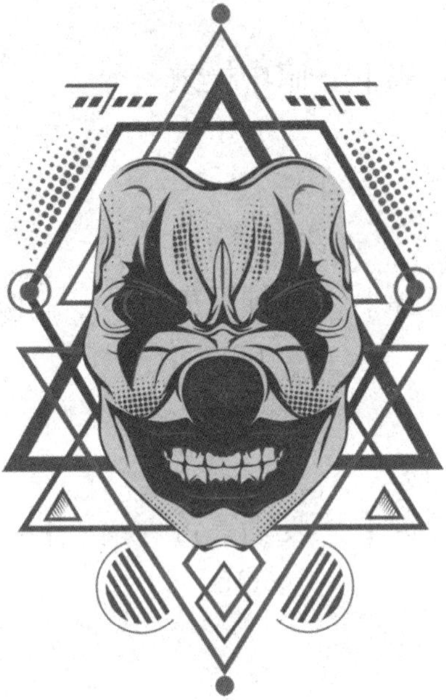

第一章
暗中摸索

1

"起床了，瑠衣。七点了！"

瑠衣虽然听惯了诚也的声音，但在听到时间后还是猛然间惊醒了。

"什么？已经七点了？！"

春原瑠衣从床上一跃而起，慌忙拿起放在枕边的手机确认了一下。上面显示时间为七点十八分。

"不是让你在七点就叫醒我吗？！爸！"

"叫了你好多次了。"

诚也小声地回答后，随后转身走向了厨房。瑠衣紧跟了上去，那势头像是要超过父亲似的。餐桌放着热气腾腾的白米饭和培根鸡蛋，上面还放了调味用的海苔。培根鸡蛋是诚也唯一的拿手菜。尽管时间紧迫，可瑠衣还是打算吃点。

"我开吃啦。"

照着瑠衣的口味，诚也将培根鸡蛋做成了半熟的溏心蛋。只是撒了点盐，蛋黄的甜味便溢满了舌尖。瑠衣就着米饭狼吞虎咽，此举引来诚也带有责备意味的眼神。瑠衣知道自己的吃相不雅，但今天哪还顾得了这些呢？

"至少得多嚼嚼啊。"

"没事儿。转到现在的部门后，消化也快多了。"

瑠衣五分钟就吃完了早饭。洗过脸化了个淡妆，头发还是睡乱后的模样，不过问题不大，路上用手指梳一下就行了吧。虽说现在的工作环境有些粗放，但就不必在化妆上花心思这点来说，还是挺不错的。

她换好衣服跑向玄关时，诚也早就周身上下收拾停当，已经在玄关门槛处穿鞋了。

"一起去车站吧。"

"抱歉。我先走一步了。"

瑠衣打开门立刻冲了出去。全力奔跑的话只需四分半钟就能到达最近的车站，现在赶去兴许还来得及。

她能想象出背后父亲那一脸惊愕的模样。

东京都千代田区霞关二丁目一番一号的警视厅总部[①]，就是瑠衣的工作单位。一到刑警部的楼层，她便飞也似的朝大会议室跑去。

打开大会议室的门，只见以阶梯式座位上的领导们为首，几乎所有的办案人员都已经就座了。

瑠衣溜到空座位坐下后，一旁的志木嘟囔了一声"平安到达"。

---

① 警视厅总部：警视厅是管辖日本首都东京治安的警察部门。警视厅总部的所在地通称为"樱田门"。总部内设有9个部门及分课。

"不好意思。"

上午九点开始的搜查会议是关于富士见帝国大酒店发生的多人中毒死亡事件的。在阶梯座位上坐着的有：村濑管理官、津村一科科长、辖区的丸内署署长，以及根岸刑事部部长。

粗略一看，侦查员就有四百来人。尽管事先已通报过人数，但这么多搜查员济济一堂的场面还是相当壮观的。

"上次搜查会议来这么多人，已经是很久以前的事儿了。"

一如既往，村濑的开场白总是那么干巴巴的。侦查总部的规模大也好，小也罢，村濑的态度都不会有一丝一毫的变化。

"昨天六月三日，富士见帝国大酒店的'翡翠间'发生了一宗大规模投毒杀人案。参加派对的二十人中，有十七人死亡，其中包括日坂浩一议员。"

虽然没有明说，但是在初步侦查阶段就如此兴师动众，死者人数众多自不必说，主要还是其中包含一名现任国会议员的缘故。在场的侦查员都已了解情况，故而人人神色紧张，个个表情凝重。

这次专职负责搜查的是桐岛组。在侦查一科内，他们和麻生组是破案率最高的两个组，所以在此次重大案件中负责专案侦查可谓理所当然。

当然，有激烈争夺最高破案率的组，也有像瑠衣所在的宍[①]户组那种毫不起眼的组。由于其组长宍户本身就是个形同虚设的窝囊废，所以也算情有可原。

---

① 宍："肉"的古字。

恐怕这次的重大事故也是由桐岛组负责现场指挥和抓捕嫌疑人。懒惰仿佛会传染似的，尽管瑠衣依然艳羡着桐岛组和麻生组的能力，但是内心还是希望能避开被迫牺牲私人生活的工作。她不认为自己可以在生活都无法安稳的情况下去守护市民的生活。

要处理的只是犯罪，而警察也仅仅是公务员而已。没有必要赌上自己的生命和人生，只要在力所能及的范围内干好本职工作即可。

"自不待言，这是一件包含国会议员在内的多人中毒死亡事件。社会上希望早日解决的呼声前所未有地高涨。要知道，事情晚解决一天，警视厅的威信就会丧失一点。完毕。"

搜查会议一结束，宍户便走了过来。

"志木和春原去辖区和现场调查。要一个不落地对事发后从富士见帝国大酒店出来的人进行筛查。"

遵照指示内容，不仅要查验酒店的住宿名单，也必须逐一查看监控录像。完成这些工作恐怕需要好多天。当然，志木和瑠衣总是要同时处理多个案件，但首要任务还是得进行现场调查。不管怎样都得忙到没法喘息了。

瑠衣悄悄地叹了口气。

志木和瑠衣随即火速赶往内幸町的富士见帝国大酒店，前往警卫室。监控的硬盘已经收回，事件发生当天的住宿名单也拿到了。瑠衣一行人对富士见帝国大酒店的工作人员进行了询问调查，调查是否见到了可疑的顾客以及外来人员。但是仅仅负责楼层的工作人员就有八百人，整个酒店的工作人员有一千余人。

逐个调查询问肯定来不及，因此，以五人一组的方式进行调查询问。但即便这样，进展也十分缓慢。他们全都无暇午休，不一会儿，天就黑了。

"该吃饭了吧？"

对于志木的建议，瑠衣立刻点了点头。她正好有点饿了。

"不过，在酒店吃晚宴这么奢侈的事情，我们可没空干哦。"

"没事儿，我知道这附近有一家便宜又好吃的店。"

新桥站周围鳞次栉比地排列着一些对钱包特别友好的餐馆。尽管步行过去稍有点远，但这些店物有所值。瑠衣带着志木走向目的地餐馆，新桥町因下班出来的人群而热闹了起来，尽管光线昏暗但也不乏生气。

这时，他们走到了西新桥路的交叉路口。

瑠衣的眼前出现了巡逻车、救护车，以及交通队侦查员的身影。

既然救护车都来了，应该是发生什么事故了吧，而靠路边停着的那辆卡车，想必就是肇事车辆。但是，引起瑠衣注意的并不是巡逻车和救护车，而是站在现场的一个侦查员。那是个熟人。

前方的救护车闪着报警灯开走了。

他们要去的店就在对面，所以即便不情愿，也不得不走近现场。不出所料，对面的人也看到了瑠衣。

"这不是春原吗？"向这边打招呼的是交通部的绫部礼香。她是瑠衣在警察学校读书时的同学，偶尔也会一起举办"女子会"[①]。

"怎么在这儿见到你了？"

---

① 女子会：指女生们在餐厅、咖啡馆等场所聚餐聊天的聚会。——本书译注无特别标注外，均为译者注

"因为内幸町的酒店事件啦。你这边是撞人事故吗？不过，这里好多人呢。"

"不是事故。"礼香突然压低了声音。

"有人报警说卡车撞到了行人，于是我们就赶来了。但是结合司机和目击者的证词，受害人是被人从人行道上猛推了一下，然后被行驶中的卡车撞到了。"

"无意中推出来的吧？"

"嫌疑人从现场逃跑了。现阶段只能从事故和事件这两个方面来进行调查。就我个人感觉来看，事件的可能性很大。"

瑠衣将视线转向正在接受调查的司机。这是一位上了点年纪的男性，看起来有些许慌张，脸上露出自己才是受害者的神色。

"受害人刚刚被送走了吧。"

"虽然送走了，但是救护人员赶到的时候，他的心肺功能已经停止了。尽管嫌疑人并未超速，但那毕竟是辆卡车啊。受害人遍体鳞伤，简直是惨不忍睹啊。"

"太可怜了。"

瑠衣环视了一遍周围。尽管车站附近的路口装了监控，但还不知道监控是否捕捉到了受害人被推出的瞬间。

"是否进入了监控范围还很难说呢。当然，可以进行图像解析，但今天光是收集目击信息就已经忙得不可开交了。"

"查明受害人身份了吗？"

"受害人钱包里装着工作证。名字叫藤卷亮二。现年五十五岁。在山治建设公司的资材科工作。"

有一瞬间，瑠衣怀疑自己听错了。

"山治是用片假名写的吗？"

"是的。春原你也知道呀。"

这哪里是知不知道的事啊！山治建筑就是父亲工作的公司。

"联系受害人家属了吗？"

"受害人带的手机破损严重，已经无法使用了，所以最先联系了公司。刚刚确认了受害人是这家中型建筑公司的员工，在总部任职。"

受害人家属通过公司才知道这桩惨案，瑠衣的脑海中不禁浮现出家属们震惊、悲伤不已的模样。

"等到现场查证结束后，我也得去趟医院。"

遗体要由受害人亲属来确认。瑠衣非常清楚到时候那里会变成伤心的海洋，在场的礼香也一定会很难受。

"要是能立刻找到犯人就好了。"

"是啊，要是明天就来自首就好了。"

两人道别后，瑠衣和志木一起走向餐馆。但是，饥饿带来的对美食的期待感，不知何时已经消失了。即便死的人不是熟人，只是和近亲有点关联，但这已经足以扼杀食欲了。

瑠衣一回到家，就看到诚也穿着睡衣在客厅休息。

"你回来啦。"

"我要先洗个澡。"

"啊。"

语气虽然冷冰冰的,但包含着只有瑠衣听得出来的体恤意味。少言寡语不知道是诚也本身的性格,还是世上所有父亲的共性?

在瑠衣被分配到警视厅后,父女俩的回家时间就反了过来。此前,总是父亲回来得晚,瑠衣准备晚饭。而现在瑠衣比父亲回来得还晚,看来这是比建筑行业还要黑心的工作。父亲不禁对此感到震惊。

瑠衣在想是否该提起被卡车压死的藤卷。曾经听说山治建筑的员工超过了千人。对于上千人的公司,不知道其中一些人的长相和姓名也是理所当然的。藤卷是资材科的,爸爸则是土木科的现场负责人,不属于一个部门。但是五十五岁这个年龄还是挺让人在意的,因为和爸爸同岁。

"爸,你们公司有个叫藤卷亮二的人,你认识吗?"

"认识呀。"

诚也露出诧异的神色。

"是同年入职的同事。"

"部门不一样吧。"

"入职的时候,那家伙也负责现场。可是,你为什么会突然提起他的名字呢?"

"刚刚有人在西新桥的路岔口被撞了,受害者好像就是藤卷。"

诚也脸色大变。他从椅子上欠起身来,凑近瑠衣。

"真的吗?"

"有个交通部的熟人在现场查验,就是她告诉我的。她说受害人钱包里放着工作证。"

"受害人被送到哪儿去了?"

"我没有问送到哪里去了……好像是当场死亡。由于是被行驶中的卡车所碾轧,所以自然是没什么生还的希望了。"

紧接着,诚也的脸上出现了瑠衣从未见过的表情。震惊和慌张布满了整张脸,和平时总是泰然自若的诚也大相径庭,简直像是换了个人似的。

"通知他妻子了吗?"

"因为不知道他家的联系方式,所以通知了公司。我想是通过公司通知家属了吧。"

"这样呀。"

诚也有气无力地说着,"哐当"一声坐回椅子上。

"这样啊。"

几乎惊呆了的瑠衣,怔怔地看着父亲。连母亲患乳腺癌去世时都克制着悲伤的男人,现在却露出走投无路的孩子般的神色。

且不论好坏,诚也总给人一种"昭和遗老"的感觉。他就是个天生的工作狂,少言寡语,即便对女儿,有时也把握不好距离。也许是因为女儿身为警察,而且是在负责凶杀案的部门工作,故而不知道该如何相处了吧。瑠衣在告诉父亲自己被分配到侦查一科时,父亲最先抛出的问题居然是"在家也枪不离身吗"?

在家中,瑠衣只看到父亲粗鄙和糊涂的一面。而眼下的诚也露出了父亲身份以外的表情。

"要不查一下他被送去了哪里吧?"

"不用了……公司的人和他夫人都应该赶去那里了吧。那不是我该露面的场合，再说——"

诚也从正面目不转睛地看着瑠衣。

"你说藤卷是被卡车撞了。这是单纯的事故吗？"

瑠衣有一瞬间很犹豫是否该把和礼香的对话告诉父亲，不过她认为反正这件事会被报道，他迟早会知道的。

"好像是被人从人行道上推了出去。"

"抓住推人的家伙了吗？"

"听说从现场逃跑了。"

"是什么人？男的女的？多大年纪了？"

"还没了解到那个程度。因为还没收集到目击证言，最关键的是这不在我管辖范围内。爸，你和藤卷的关系有这么好吗？"

"也不是特别好。"

"那你怎么这么激动呢？这可不像平时的你哦。"

诚也突然移开了视线。

"我们同年入的职，吃同一锅饭吃了二十五年多啊，关心一下他的事也是理所当然的吧。"

"现在也常见面吗？"

"啊。"

"藤卷是遭谁怨恨了吗？"

瑠衣说出这句后感觉完蛋了。警察的职业习惯又显了出来，一不小心就问了没必要问的问题。

不过，诚也却并不太在意，回答得很自然。

"是个很认真的人。除此之外，我就不知道了。"

瑠衣感觉话题被岔开了，很犹豫是否要追问下去。

"没事的，逃跑的嫌疑人马上就会被锁定的。"

"既然你们都是警察，信息也会共享的吧。可以的话，能立马把相关信息告诉我吗？"

瑠衣简直怀疑自己是不是听错了，这不像诚也会说出来的话。

"我说，爸，您待的公司可能信息都会共享，但警察是有严格的保密义务和管辖范围的。我要是科长或是更高的职位另当别论，但我就是一个普通刑警，根本没有那样的权利啊。"

"就算这样，比起媒体报道，你还是能听到更详细的内情吧。"

瑠衣在谈话中感觉到了某种反常。平时的诚也，是决不会插手女儿的工作的。现在竟然因为私事找她谋求方便，真是令人始料未及。

"你究竟怎么了？爸！"

瑠衣的语气不觉粗鲁起来。

"工作中不要掺杂私人感情，这不是您说的吗？"

许是这话见效了吧，诚也到底露出了反省的神色。

"说的是啊。"

藤卷的话题就此终结，诚也将频道调到了新闻节目。两人的对话中断后，时间一如既往地缓缓流逝着。

但是，父女之间出现了一面看不见的墙。

第二天，瑠衣和志木一起继续调查询问酒店工作人员。由于诚也的缘故，瑠衣很在意藤卷事件，但这毕竟是其他部门的案子。多人中毒死亡事件已经让人忙得不可开交了，哪还有向礼香打听的闲工夫呢？这天忙完已经是晚上七点多了。

"好想吃老婆做的饭菜，已经两天没吃了。"说完志木就匆忙赶回家了。

今天瑠衣也决定在外面吃饭。瑠衣去的就是昨天去过的那家店，因为她心里隐隐期待着能再次碰见礼香。

不是主动打探侦查的进展情况，而是在闲聊中无意间听到的。那样的话，就不算是有意识的公私不分了吧。

虽说不太光彩，但如果不编出点场面话来，自己的职业道德似乎就要沦丧了，故而她十分害怕。在之前的事故现场，很"偶然"地又看到了礼香的身影。瑠衣稍做思考，便知道这并不是运气好，仅仅是因为礼香没有收集到足够的目击信息罢了。

"辛苦了。"

为了掩盖罪恶感，瑠衣故意装出亲昵的样子，虽说这样子连自己都很嫌弃。

"好巧啊。你还在调查现场吗？"

"怎么也找不到明显的证据啊。春原，你已经下班了吗？"

"我之后就是一个人了，不介意的话来陪陪我吧。我来请客。"

"还要三十分钟才能完事。"

"完全没问题。"

瑠衣把要去的饭店的名称和地址告诉了礼香。这家店是一家颇有创意的意大利餐厅，不仅装潢洋气，而且对钱包也很友好。瑠衣要了个包厢，可以不用在意周边环境。

她就着芝士慢慢啜饮着白葡萄酒，借以打发时间。刚好三十分钟，礼香现身了。两个人正式点餐后，先干了一杯。

"春原，你还是头一次请我吃饭呢。是有什么企图吗？"

"你的感觉真准啊。"

"毕竟我们都是刑警嘛。"

"其实，我一直在想着昨晚的推人事件。受害人工作的地方，山治建筑，也是我爸的工作单位。"

"诶？你爸和藤卷是老朋友？"

"是同年入职的同事，也不知道熟到什么程度。"

"这不跟我和你一样吗？你选择包厢也是担心搜查信息外泄吧？"

"我可没想问你不能说的信息。昨天你去了医院吧？"

"先是受害人公司的同事来了，稍晚一点他妻子和女儿也到了。虽然我看过很多类似的场面，但昨天那种场面还是叫人受不了。确认完是本人后就做了调查询问，问印象中死者有没有和谁结仇？对方回答说一个都没想到。这倒是常有的情况。唉，毕竟丈夫结仇太多的例子，只在特殊买卖里才能见到。"

许是回想起了那个场面了吧，礼香蹙着眉喝了口白葡萄酒。

"职场和家庭中表现出不同的模样也很常见。但是，死者的同事和妻子的评价却都是一样的。总之，受害者是一个认真严谨的人,也很爱妻子。不好的传言一个也没有。"

"这么说来,也有可能是犯人冲动之下推了人吧。"

"如果是无差别杀人,那就麻烦了。锁定嫌疑人很花时间的。"

瑠衣也在负责强行犯①的案子,所以十分了解这种情况。杀人事件中,百分之八十的作案人都是受害人的亲人或者熟人。因此容易锁定嫌疑人,也容易搜集周边信息。与此相反,如果是路上的随机犯罪,就很难进行调查取证,因此只能依靠监控录像和目击信息。

"也有目睹了事件现场,但不想牵扯其中而不愿现身的人。那个时间点的岔路口,上班族和女白领来来往往的。这些上班族的回家时间都是固定的,所以要向事件发生时的路人逐个询问。"

"春原,你是侦查一科的,应该知道吧。目击证言确实重要,但是也不能抱有太大希望。在目击了冲击性的场景之后,人的大脑会产生混乱,从而捏造记忆。所以,就算是看到同样的场景,人们所说的内容也会有所不同的。"

"是的。所以监控录像才是最可靠的。在只有目击信息的情况下,就得多采集一些目击证言。"

"将藤卷推进车道的人,目击证言有'穿着黑色或疑似黑色的衣服''中等身材或小个子''年龄从三十多岁到五十岁'。凭借这些证言根本没法画出嫌疑人的肖像画。嘿,小哥,给我再来

---

① 强行犯:指犯下恶性犯罪的人,如杀人犯、强奸犯等。

一杯一样的。"

礼香提高了声调,她原本就很能喝,所以不会脸红或口齿不清。

"只是,就算藤卷并不遭人怨恨,我也不觉得他是被随机杀害的。不过,这只是我的个人看法。"

"证据呢?"

"藤卷是个大块头,虽说是中等身材,但是体重还是不轻的,最近的一次定期体检显示是七十五公斤。将七十五公斤的人推入车道需要相当大的力气。难以想象嫌疑人是因为焦躁或者是释放压力这样的理由而把藤卷选为牺牲者。如果是冲动性作案,应该挑选体重更轻的男性或者女性才是。"

"这么说,你还是觉得这是专门针对藤卷的犯罪了?"

"拜托你说话准确一点。我说的是我不认为这是随机作案。总之,我只是说还无法确定犯人是什么样的。"

"接下来,你想怎么推进呢?"

"普通警员是没有侦查主导权的。只能在得到了有人推了藤卷这一确凿证据后,才能将交通事故上升到凶杀事件。最初的报警内容是路人被卡车撞了。如果只是这样的话,那是由我们交通部负责,但根据事件的性质和侦查程序,也可能会转交给侦查一科。"

"还真有点接不下啊,我们现在就已经忙得不可开交了——因为人都派去调查多人中毒死亡事件了,毕竟里面还牵涉到现任议员。"

瑠衣也想到过藤卷事件有可能移交给侦查一科。可如果有人来问"你会积极参加侦查吗",瑠衣感觉自己会很难回答。因为明知侦查信息而守口如瓶的自己,与希望透露内部消息的父亲之间,必然会有一场激烈爆发的冲突。

好似要将无法排解的心情冲下喉咙深处似的,瑠衣一口气喝光了杯中剩下的酒。

2

即便忙于手头的事件,只要竖起耳朵应该还是能听到最近发生之事的后续情况。

但是,藤卷事件已经过了两天,也没有听说调查有进展。媒体那边的报道也一样,后续报道和电视新闻一个也没有。只要稍做思考就会明白,各大媒体将相关人员、新闻版面和播放时长都匀给了包含现任国会议员在内的多人中毒死亡事件,自然就顾不上一个中型建筑公司职员的非正常死亡了吧。

瑠衣本想找个机会向礼香打听进展情况,却又担心给人一种纠缠不清的感觉,所以只能忍下。而再次搞出"现场偶遇"的戏码,也会显得相当刻意。

这一天也是身心俱疲,回到家时已经过了晚上十一点。

"我回来了。"

今天也是诚也先到的家。

瑠衣已经在汉堡店解决了晚饭,之后洗个澡就可以睡觉了。

正要穿过客厅时,诚也叫住了她。

"我想问下藤卷事件。"诚也不无顾忌地问道,"犯人有眉目了吗?"

虽然自己已经很累了,且还对礼香心存顾忌,可父亲那种张嘴就来的问法,依旧令她怒不可遏。

"这事儿跟我们科无关!不是跟你说过了吗?"瑠衣情绪激动地开口了。

"因为手头这起重大案件的侦查,我都没有好好地休息过。这可是个包含现任国会议员在内,死了十七个人的大事件,根本不是一个建筑公司职工被撞死的事情可比的!"

"比起建筑公司职工,国会议员那边才是大事件?"

瑠衣话一出口,就知道自己搞砸了!但为时已晚。

"不都是人吗?"

"刚才只是一种说法而已。根据事件的严重程度,投入的警力会有不同,侦查方法也会有所不同。如果那么容易就有犯人的眉目,那我们当警察的也就轻松多了。"

"我听说西新桥的路岔口人流量很大。如果是那样的话,目击者也有很多才对吧?"

"所以啊,这属于交通部管辖的范围,我们没有插手的余地。要我说几次你才满意。"

瑠衣有个说着说着就情绪激动的坏习惯。

学生时代因为这个习惯后悔过很多次。因为口舌之祸甚至还失去了朋友。受命成为警察之后,她就有意识地克制自己,但在家人面前又放松了。

一瞬间，尴尬的空气凝固着。

诚也从没在家中高声说过话。即使在瑠衣淘气的年龄段，他也只是持续瞪着她，绝不会动手，只通过威慑力来制止瑠衣的行为。

瑠衣做好了准备迎接久违的瞪眼，可出乎意料的是，父亲的眼中居然黯淡无光。

"抱歉。我没想影响你的工作。"

父亲道歉的样子真是可恶至极，搞得瑠衣内疚极了。

"就算吃过同一锅饭，也仅仅是同年入职而已吧。有必要在意到那个地步吗？"

"或许打个比方也无济于事吧，可我还是要说，如果和你不是一个部门的同事被无故杀害了，你会怎么办？不会很想知道那个犯人是谁吗？"

一瞬间瑠衣的脑海中浮现出礼香的脸。如父亲所说，如果礼香遭人杀害，瑠衣一定会很在意事情的进展。不，自己肯定也会参与其中，然后直接开展侦查工作的。

"爸，我懂你说的意思，但现在才过了两天而已。再等等吧。"

"我明天要去见受害者家属了。所以我在想，去之前事情能有点进展就好了。"

"明天？"

"明天是藤卷的葬礼。"

诚也起身走向卧室后，不见了人影。瑠衣觉得必须说点什么，但还是没说出来。

第二天瑠衣去上班时，知道礼香的预言应验了。

"我们要查新案子了。"

瑠衣在刑事室刚露面，志木就带着叹息说道："案子从交通部转到了我们这边。如你所知，某职员在西新桥的路岔口处被人推了一把，然后被行驶中的卡车给撞死了。"

瑠衣产生了一个十分幼稚的感想：要是这个案子就这么一直由交通科盯着，那就不关我什么事了，可谁知偏偏又转到自己这儿来了。

"报警时仅仅是一个撞人事故，但是通过之后的侦查断定，是随机作案。"

"但是，为什么会交给宍户组呢？"

"好像上面觉得参与调查富士见帝国大酒店事件的人员中，我们组的精力是相对富余的。真是的，就现在这个忙活劲儿来说，哪有什么富余啊。"

"断定为杀人的证据是什么啊？"

"交通搜查科坚持不懈地搜集了目击证言，确定了被害人是被人推入车道的。"

"好不容易侦查进展到这个地步，为什么不继续调查到抓住犯人为止呢？"

"交通部部长和刑事部部长好像在互相扯皮，两个人都不想插手这个案件。"

只要有组织，就会存在势力均衡。苦恼的是，最终波及的是基层人员。

"有交接的人吗？"

"比起人，物品倒先来了。"

志木指了指桌子旁的纸箱。

"侦查资料都扔在纸箱里了。"

"这么一个纸箱就交接完了吗？"

"两边都没时间。说是如果资料中有不明白的地方可以问之前的负责人。"

看得出礼香他们做现场调查询问下了很大的功夫，但似乎只收集了能断定为杀人案件的证言。换句话说，搜查信息也只是停留在目击证言阶段。

"有监控录像什么的吗？"

"纸箱里的东西我还没看呢。"

瑠衣打开箱子确认侦查资料的内容。刚才资料不全的担心果然应验了。

"没有找到啊，监控录像。"

"也许现场是监控死角。详细情况只能问交通搜查科了。"

纸箱里还有藤卷亮二的解剖报告书和现场调查记录簿。内容不多，两个小时左右就能看完。

解剖报告书上记载的死因是全身跌打伤和内脏破裂所导致的休克死亡。即便卡车没超速，被撞后有这等伤势也在情理之中。尽管这话不能对受害者家属说，但其实被害人当场死亡也算是少受些罪了。

资料多少也涉及了其家庭成员。受害人的妻子叫佳衣子，五十岁。女儿叫律，十九岁。藤卷的父母已经去世，也没有兄弟姐妹，因此妻子和女儿就是至亲了。

早就听说他在资材科，可没想到是科长。原来，他和诚也的职位是一样的。

"既然已经断定是杀人案了，那也必须去查访家属和公司了吧。"

"今天就举办葬礼。"

话还没说完，瑠衣就觉得"糟了"。

"你怎么知道今天举办葬礼的？"

"看到的啊，解剖报告书上写的遗体已经返送了。那么今天应该是葬礼吧。"

瑠衣回答中带着慌张，所幸志木没有察觉到异样。

"是的，推测十分合理。那我们要早点确认殡仪场的地点和时间。"

"要去吗？"

"当然了。出席葬礼的会有家属和公司的相关人员，对我们调查询问来说是个很好的时机。说不定推受害者的嫌疑人也会现身的。快备好相机！"

志木摆出一副马上要出门的势头。

要坦白的话，只有现在了。

"我说，其实我爸和受害者在同一家工作单位。"

"春原,你爸爸吗?那么,说不定你爸也会出席葬礼吧。"

"嗯。"

"那没办法了。这样的话,调查询问公司有关职员的活就不能交给你了。你去殡仪场的外面拍出席人员和围观人员的照片吧。"

"抱歉。"

"你没必要抱歉。但是,你还是要对组长报告这一情况。现在说了,以后就不会受到指责了。"

瑠衣在心中合掌感谢。两人搭档已经有两年了,如果没有志木的大度,两人的关系也持续不到现在吧。

瑠衣问了下山治建筑公司,知道了葬礼的举办场所和时间,便立刻赶往了殡仪场。

殡仪场建在一块很大的空地上,紧挨着台东区上野公园。旁边坐落着一处历史悠久的寺庙,是德川将军家的家庙。该寺庙以重要文物黑门为首,各处都彰显着历史建筑的威严感。藤卷的葬礼在寺内的第二会场举行,场地可容纳八十人。

瑠衣在开场的十五分钟前便已经在空地的外面等候了。人员登记开始了,出席人数在六十人左右,瑠衣一个人也完全应付得过来。

不过,她此时的心情不是很好。

直到昨晚尚且还能"隔岸观火",结果今天就变成自己接手了。而且这还是父亲同事被杀害的事件,和以往的强行犯事件相比,感觉还是不一样。虽然这么比喻很奇怪,但瑠衣感觉自己此时正穿着别人的衣服。

志木和其他的侦查员为了询问吊唁结束的公司职员，正守在大门附近。对死者家属的调查询问则计划在葬礼结束之后进行。

瑠衣用变焦镜捕捉着一个个登记着姓名的吊唁客人。其中既有穿着黑色西装也能看出肌肉发达的人，也有微胖挂着赘肉的人。虽说都是在建筑公司上班，但并不是所有人都拥有一副好体格。这也是理所当然的，只是平日里经常看着父亲的瑠衣，已经有了先入为主的观念而已。

数码相机的取景器中出现的都是些看上去很老实的面孔。瑠衣偶尔也会把视线投向殡仪场外，但没有发现有凑热闹的身影。死者既不是名人也不是重大案件受害者，这只不过是一个普通上班族的葬礼罢了。藤卷显然不是一个能挑起看客好奇心的对象。

瑠衣一个个地拍摄着，突然取景器中出现了一张熟悉的面孔。

是诚也。

透过相机，瑠衣仔细地审视着父亲的脸，内心有种奇特的感觉。父亲的脸和平日一样冷冰冰的，但还是和她在家中见到的模样很不一样。在母亲的葬礼上，都没有见过父亲露出如此悲痛的神色。瑠衣的心里不安起来。

诚也向登记人员表示了慰问。瑠衣无法通过表情判断他们三个人是否认识。

也许嫌疑人已经混进了会场，现在父亲也在这里，这种异样感怎么也无法抹去。虽然志木向自己建议"只要当作教学观摩就行了"，但这里并不是一派和睦安详的氛围。倒不如说恰恰相反，杀戮般的气氛已然刺痛了皮肤表层。

诚也说完吊唁词后深深地低下了头，然后从会场消失了。父亲的身影从视线里一消失，瑠衣便恢复了平常心。

最后一个人从视野里消失后，负责登记的人也离开了记账房。剩下的人都是殡仪馆的职员，瑠衣终于可以将视线从取景器移开。目之所及之处，没有一个穿戴打扮和行为举止怪异的出席者。此外，也没有看到出席者以外的任何可疑之人。

但是，既然藤卷是死于谋杀，那必然有人在一旁冷静观察。

在殡仪场附近或者不远处，犯人一定在嘲笑着受害者家属和同事悲叹不绝的样子。

瑠衣的心中，慢慢升起了一股对犯人的愤怒之火。

葬礼从告别仪式开始，持续到出殡，最后以火葬告终。葬礼仪式中，因为遗孀在内的受害者家属都特别忙碌，调查询问只能推到之后进行。

志木将针对公司相关人员的调查询问结果告诉了瑠衣。

"公司相关人员出席了三十二人，除去其他科的科长，藤卷的下属来了二十人。资材科的主要成员全部出席了。"

"下属没有任何尖锐一点的评价吗？"

"这个呀，所有人口径都一致，说藤卷是一个老好人。虽然为人严谨认真了点，但是大部分人认为他是资材科不可或缺的人才。"

和公司相关人员的谈话，似乎也问到了资材科的业务内容。

"资材科的工作重点主要是原材料采购、向合作方支付款项、和客户签订采购合同这三样。以低价从某地采购品质好的原材料是藤卷的强项，同时他也是拥有好几个供应渠道的资深人士。朗读悼词的会长夸他为'其他人无法代替的人才'。虽然这可能是悼词固有的溢美之辞，但是相关人员都持有一样的看法。"

"这么有能力的人才，不会遭到大家的疏远吗？"

"他很照顾下属。有羡慕他的人，但没有讨厌他的人。因为那样的体型，再加上招人喜欢的性格，女性工作人员好像还给他起了一个外号，叫'熊爸爸'。"

瑠衣和志木算准了藤卷妻子佳衣子和其女儿律回家的时间，去拜访了她们。藤卷家位于入谷住宅区的一角，玄关门处贴着"忌中[①]"的牌子，在风中悲伤地摇晃着。

通过对讲门禁表明身份和来意后，不久门便打开了。出来接待的是藤卷妻子佳衣子。不知道她是因为操持葬礼过于劳累，还是哭累了，总之显得十分憔悴。佳衣子称女儿在其他房间休息，所以由她自己来回答提问。

在场的提问人角色由志木担任。瑠衣不敢问的内容，志木未见一丝犹豫地进行了提问：

"死者是个什么样的人？"

"在生活中或者工作中，有怨恨死者的人吗？"

---

① 忌中：正在丧事之中。

"事件的整个过程中,您是否发现受害者本人或您的女儿有任何异常,或遇到什么怪事吗?"

尽管调查询问的都是千篇一律的内容,但是佳衣子还是紧皱了下眉头。

"我之前就回答过这些问题了。"

"最开始负责这个案子的是交通部侦查科的人,现在改由侦查一科接手了。也许会问到一样的问题,但还是希望能得到您的配合。"

佳衣子露出泄气的神情,点了点头。然后断断续续地回答道:

"我不了解我丈夫在公司是什么样的做派,但他在家里可以说是一个严谨认真,或者说是个不懂得变通的人。一切家具物什如果不放在固定的位置,他就没法放下心来。厕纸如果不按照易撕线去撕开,他就会开始叨叨。我丈夫是一个喜欢定规矩并严格遵守的人,因此和当时上中学的女儿有过好几次冲突。"

"他喜欢操控生活中的一切吗?"

"倒不是操控一切什么的,他行事并不是那种严丝合缝的风格。"

佳衣子神情落寞地笑了。

"虽然我丈夫觉得定规矩是丈夫的责任,但是制定的全是一些日常琐事的规矩。都是些要求家人日常打招呼不能省啦、洗澡要遵守顺序啦这样的小事。因为都是些小事,所以引起了这个年纪的女儿的反感。"

这么说来，诚也虽然冷冰冰的，倒是既不霸道，也不教条。

"不过，他是一位好父亲，也是一位好丈夫。"

这话让志木一时语塞。

"因为我没去过我丈夫的公司，所以我不知道他在山治建筑是如何为人处事的。不过，他并不是一个会在家中或者职场树敌的人。参加地区的集会和活动时，他都毫无怨言。不仅在家中和善，对周围的邻居街坊他也会打招呼。我觉得他不会有任何负面的评价。"

"关于怨恨您丈夫的人，夫人您没有任何头绪是吧？"

"如果要遭人怨恨的话，那个人应该是我。因为我竟然和一个如此能干的人组成了家庭。"

若是在平时，这是让人发笑的恩爱故事，但是现在只剩下悲切。

"所以事故发生后，最不能接受的是我和女儿。正如之前的刑警所说，虽然我丈夫有可能是为路人所杀，但是会有人因为冲动而去推一个那么重的人吗？"

佳衣子的判断和在职的刑警一样。瑠衣有点佩服佳衣子的判断力，她和礼香的看法是一样的。

"会不会凶手并非单纯经过的路人，而是专为'藤卷亮二'而来的。如果是那样的话，我不明白我丈夫有什么理由被盯上。"

此前一直低着头的佳衣子，毅然抬起了头。

"这不只是一个单纯的事故，是断定为杀人事件才更换负责人的吧？"

"您这样理解也没问题。"

"那么，请一定要抓住犯人。抓到后，请一定要搞清楚，为什么一定要杀害一个这么好的人。"

佳衣子不强势，声音也不大，但是她的诉求与怨恨一起流到了瑠衣的心中。瑠衣被其绝不能懈怠、妥协与糊弄的言外之意慑服了。

"那是当然的。"

志木那样回答道，通过他的声音，完全可以知道他被佳衣子的气势给压倒了。

最后，这天回到家中也已经过了十一点了。瑠衣到警视厅上班后，回家越来越晚绝非一种错觉。不得不承认父亲说的，警察体制就是那样地"黑心"。

诚也和往常一样坐在客厅里。不过，他有着和平常不一样的一面。那是看惯了的人突然露出的陌生的一面。

诚也烂醉如泥。

瑠衣震惊不已。因为诚也之前亲口承认自己不会喝酒，不论在家还是在外面都滴酒不沾。从瑠衣懂事起，从未见过父亲红着脸、满口酒气的样子。

桌子上没有酒瓶和玻璃杯一类的物品，看来诚也是在外面喝的酒。虽然瑠衣很讶异，不知道今天吹的什么风让他变成这样，但是诚也看到了瑠衣后并没有发怵。他抬起充血的眼睛望向这边，似乎想说什么。

"藤卷的调查，好像是你们侦查一科接手吧。"

在藤卷的告别仪式上，志木他们四处询问。出席了葬礼的诚也，不可能不知道这事。

"是的。由我们组接手了。"

"在殡仪场的时候，我没见到你。"

"因为我一直在外面。"

"刑警他们四处询问公司相关人员关于藤卷的事，应该也问了藤卷家属同样的问题吧？"

瑠衣隐瞒了自己和志木去了藤卷家的事实。不难想象，如果坦露的话，之后的对话会发展得多不愉快。

瑠衣做好了再次被问起侦查进度的准备，但是喝醉了的父亲好像并没有这个打算。

"成为刑警的女儿在调查我的同事。一想这事我就觉得怪怪的。"

"最初来打探的不就是老爸你吗？"

"打探？这不是女儿该说的话吧。"

尽管瑠衣知道父亲并不是在刁难自己，但还是恼怒了起来。

"之前在葬礼上见到了藤卷妻子和他女儿。女儿才十九岁，因为她们是丧主，所以不得不拼命忍住眼泪。真叫人不忍直视啊。"

"这就是你喝酒的原因吗？"

"不喝点酒，怎么撑得住呢？"

不会喝酒的父亲勉强自己喝酒的话，一定是已经心痛不已了。虽然瑠衣还是介意父亲的措辞，但还是决定不追究了。

"你喝酒倒没关系,只是你本身不胜酒力。好好睡一觉吧。你感冒了我可不管。"

短暂的沉默过后,诚也低声嘟囔起来。

"藤卷连得感冒的机会都没了。"

"别再说了。"

"世上的坏人有的是。长着一副好人面孔却陷害别人的家伙、自己得救了就觉得不用管其他人死活的家伙、只要有冠冕堂皇的理由其他人死了也无所谓的家伙,这样的人比比皆是。反正要杀人的话得先杀了这些家伙。为什么非要杀藤卷这样严谨认真的人呢?"

果然平日里滴酒不沾的人就不应该喝酒。虽然对诚也喝酒后的失态可以睁一只眼闭一只眼,但是她真的不想再看到父亲这副可怜的模样。

就在瑠衣决定不去管他,正要从他跟前走过的时候,忽又听他说道:"相信了的我真是个傻子啊。"

虽然是父亲喝醉后的胡话,却引起了瑠衣的注意。

"爸,你到底相信了什么?"

不料,父亲好像清醒了过来,移开了视线。

"没什么。"

"既然你在发牢骚,那干脆说个清楚啊。"

"别问了。"

"询问是我的工作。"

"即便是父亲,也不了解女儿的全部。同样,女儿也没必要知道父亲的全部。"

尽管瑠衣觉得父亲说出来的话很奇怪,但感觉他的语气很严厉。如果一个劲儿地问下去可能会吵起来,瑠衣决定留待他酒醒后再说。

但是,当瑠衣洗完澡回来的时候,诚也已经进了卧室,消失不见了。

3

即便到了六月十八日,也没有得到能锁定犯人的有力信息。志木的不安应验了。犯罪现场处于路岔口附近的监控死角,没有捕捉到藤卷被推出的瞬间。

尽管有目击者,但是交通搜查科费了九牛二虎之力也只得到了"黑色或疑似黑色的衣服""中等身材或小个子""年龄从三十岁到五十岁左右"这样模棱两可的信息。

人际关系调查的结果为藤卷是个老好人。如此一来,这就没法从"怨恨"这条线索展开侦查了。

虽然从现场状况判断,难以认为这是无差别杀人,但是也尚未找到有力的证据证明这是有预谋的杀人。

"好讨厌的类型啊。"

听到侦查进展情况的宍户露出了不悦的神情。尽管距离案件发生已经过了两周,但是依然没有找到足以锁定犯罪嫌疑人的有力证据。因为初期侦查的进度迟缓会使案件大概率变为悬案,也难怪作为组长的宍户为此而担心。

"经过现场附近的车子还没有被锁定吗?"

"很遗憾。"

志木泄气地摇了摇头。

虽然犯罪画面没有被监控拍到,但是行驶在该卡车前后的车辆上装载的行车记录仪是有可能录到的。侦查总部曾对此抱着一丝希望。

事实上,颗粒无收的侦查逐渐让侦查员身心俱疲。尤其是宍户科还要负责搜集多人中毒死亡事件的证言。驱使着本就疲惫不堪的身心继续去做这种收获少得可怜的工作,更叫人难以忍受了。

"最初从藤卷的身型考虑,推人这一说法是难以成立的,故而认为犯人是有预谋地对藤卷亮二行凶。尽管没法认同犯人的心理,但如果犯人精神不正常,所谓心理上的合理性也就不大靠得住了。"

每到这个时候瑠衣就会叹气。

宍户发言谨慎的原因是目击证言不多,但是这样很容易导致侦查方向混乱。如果指挥官的方向模棱两可,会导致侦查员无法有效率地展开行动,甚至会带来更多没必要的精神疲劳。效率至上的桐岛组之所以被麻生组遥遥领先,除了可以自由调配一科王牌侦查员犬养隼人的原因外,绝大部分责任在组长身上。

"听说人际关系调查也没有找到怨恨受害人的人,是吗?"

"但是,组长……"

志木十分坚定，不肯善罢甘休。比起瑠衣更了解宍户的优柔寡断的志木，决不让侦查的方向发生动摇。

"据目击证言称，看到了嫌疑人穿着疑似黑色的衣服。由此可以认为，嫌疑人是事先有计划地挑选了难以给人留下印象的衣服。一个精神异常的人很难有如此缜密的心思。"

"嗯。"

宍户不情不愿地点了点头。

"这样的话，就只能继续调查其人际关系，重新摸清受害者的相关情况了吧。此外，也要彻底清查行驶在卡车前后的车辆。我说春原，你父亲是和受害者在一家公司吧？"

"是的。"

"可以利用你父亲的关系来获得山治建筑的内部信息吗？"

比起震惊，瑠衣反倒觉得果不其然。她在告诉宍户父亲任职的公司时，就已经料到事情会这么发展。

"虽然我父亲和藤卷先生是同年进的公司，但是他们好像没有其他更多的交集了。"

比起被这个那个地问个不停，还是把自己知道的都说出来更好。

"我听说那是一家中型建筑公司，仅公司主体就有上千人，再加上一些关联公司，职员总人数超过了三千人。如果不在一个所属部门的话，几乎不会有任何交流。"

"但是如果有你父亲介绍的话，不是可以深入藤卷亮二的部门吗？"

"……那就拜托他试试吧。"

不过,她将"可别太抱希望"这半句咽了下去。

一离开宍户的办公桌,志木就投来了同情的目光。

"哎呀,早就知道会变成这样。"

"是的。不过这样比起一直不汇报、被中途发现还是好得多。谢谢你之前的忠告。"

"就算有你父亲的介绍,可以问出的内容也不会有太大的区别。不管有没有你父亲的介绍,刑警早就掌握了能够顺利问出的信息。当然,组长他应该是心知肚明的。"

"既然心知肚明,为什么还……"

"因为被逼上绝路了。溺水之人,就算只有一根稻草,也是要抓紧的嘛。"

听到志木的反讽后,瑠衣的紧迫感缓解了不少。这个男人总是不忘在走投无路之际适当调侃一番。

"如果你向你父亲请求会有些胆怯的话,也可由我来拜托他。"

"感谢你的好意,不过不必了。"

虽然不能今晚就立刻去问诚也,但可以找个时机问一下。为了抓住杀害藤卷的凶手,父亲一定会帮忙的。

瑠衣刻意乐观地去思考这件事情。就算诚也拒绝配合,那自己也在请求的那一刻尽到职责了。

不过,她还是过于乐观了。

第二天，十九日，晚上十一点五十五分。

这天瑠衣也回去得很晚。在即将到家的时候，接到一个电话，是宍户打来的。

"你好，我是春原。"

"你现在在哪儿？"

"我现在正从我家附近的车站往家走。"

"出事了。又有山治建筑的员工被杀了。"

听到这句话，瑠衣停下了脚步。

"案发现场在半藏门的五号出口。志木现在也在赶往案发地。"

虽然已经看到了自家公寓的影子，但是她不得不去案发地。

"明白。我现在就去案发现场。"

挂掉电话的同时，又折回了刚刚走过的路。

竟然又出现了第二个牺牲者。

转瞬间，瑠衣心跳加速，呼吸也变得短促起来。

事件迎来了新的发展。在疲劳之余，又增加了冲击感和紧张感。瑠衣决定第二天早晨再回家，她驱使着沉重的双腿匆匆赶往现场。

赶到指定现场的警察们已经聚集到了一起。出口附近搭建的蓝色防水膜材质的帐篷，意味着已经开始验尸了。

站在五号出口处，鉴定的警员们在楼梯处站了一排。往下望去，不少楼梯台阶上都沾着血痕。死者无疑就在帐篷里。

进入帐篷，瑠衣看到了以志木为首的好几个侦查员，还有御厨法医的身影。

不，还有两个。

御厨法医的脚边躺着一具尸体。尸体的旁边，蹲着一位女性。

"老公啊，老公啊。"

根据年龄判断，此人应该是死者的妻子。她一直蹲着，遮着脸号啕大哭。

"为什么？为什么是老公你……"

也许是被女子彻底爆发出来的情感感染，瑠衣虽然见惯了尸体，但还是难以适应这个悲伤的场面。

若是侦查员没从死者妻子身后拽住她，她可能就扑在遗骸上了。尸检工作已经告一段落，但拽住由于遗体表面和其所着衣物上可能沾有犯人的残留物，在司法解剖结束之前，即便是至亲也不允许去触碰遗体。

狭窄的帐篷中，呜咽声短暂地持续了一会儿。随后，哭声逐渐变轻。最后，那女子终于停止了哭泣，一个侦查员立刻将她带出了帐篷。

"我们通过受害者携带的手机和他妻子取得了联系。"

志木用眼神追逐着女子的背影，解释道。

"从受害者家到车站只有一段步行的距离，受害者妻子立刻就赶来了。幸好她是在尸检之后赶到的。"

"楼梯上还残留着血痕。"

"你要去看吗？"

查看遗体是犯罪侦查的起点。瑠衣双手合十祈祷后，俯身看了死者全身。死者后脑勺处有一摊血迹，脸上到处是跌伤，伤痕累累。

"你想听观察的结果吗？"

瑠衣听御厨说到，便点了点头。

"从上面第十一级楼梯的防滑台阶起，一直到下面，都沾上了血痕。从受害者的身高考虑，推断出他是从最上面的台阶背身跌落下去的。虽然在重重跌落地板之前，他头部以外的部分也受了伤，但致命伤却是后脑勺的跌伤。死者的头盖骨骨折。他的直接死因是创伤性脑损伤。死亡时刻推断是晚上十点到发现时的十一点四十五分之间。"

因为事发当时是地铁人流量多的时间段，所以死亡时间无疑可以通过目击证言缩窄范围。

"是被推下去的吗？"

"虽然现场没有明显的打斗痕迹，但是受害者的血液中没有检测出酒精。既然死者没有喝酒，那无法否定打斗的可能，具体情况还要等司法解剖。刚刚已经征求了死者妻子的许可。"

解释完最基本的情况后，御厨也走出了帐篷。瑠衣佩服他一如既往地早早结束了工作。

"我再说一次。死者叫须贝谦治，五十二岁，是山治建筑的会计科科长，家住一番町。"

在瑠衣发问之前，志木就告知了其案件情况。

"发现死者的第一目击证人是一位回家路过的白领。她是这附近出版社的职员,从检票口下来的时候发现了死者。发现时间是晚上十一点四十五分。不知道是否有目击者。虽然现在在收集监控数据,但是监控安装的位置不尽如人意。"

"出口附近没有安装摄像头吗?"

"是的。不过检票口附近安装了。如果犯人追着受害人跑到这边的话,那个家伙的样子应该会被拍到。"

"目击证言呢?"

"因为当时已经很晚了,发现死者的白领做证说没有看到附近有其他人。"

开往涩谷方向的最后一趟地铁发车时间是零点三十分,发现尸体时乘客不多也在情理当中。除了将同一时刻乘坐地铁的乘客依次找到后,确定是否目睹了案发现场之外,别无他法。

"现场调查会持续到深夜,考虑一下换班比较好。"

"现场调查固然令人苦恼,更令人苦恼的是人际关系调查。在山治建筑的职员中,担任科长职位的人接连被杀害。因此,作案动机很可能与二人的私人生活无关,与职场有很大关系。"

"能够锁定嫌疑人范围,不是一个好征兆吗?"

"忘记你自己说过的话了吗?这家中型建筑公司在总部就有上千人,再加上相关企业的工作人员超过了三千人。这意味着嫌疑人的范围是以千人为单位的。"

确实,交友超过千人的人并不常见。因此,追查受害者的共同点反倒会推迟侦查的进展。

比起这个,更为严重的是现在这一切和诚也挂上了钩。如果作案动机牵涉到山治建筑的话，那诚也不得不算作嫌疑人之一。

瑠衣不由得摇了摇头。

开什么玩笑！

父亲怎么会是嫌疑人呢？

"今后进出山治建筑的次数会增多，也许真的需要你父亲地介绍了。"

不知志木是否看出了瑠衣内心的矛盾，他用极为事务性的口吻说道。

"既然接连两名相关人员都成了受害者，咱们直接去打听便是，根本用不着我爸来介绍。"

瑠衣尽最大努力地虚张声势。

最终，瑠衣他们一直留在现场，直到鉴定科结束工作。这期间还和地铁工作人员一起去办公室确认了监控录像。

"果然，到了晚上十一点，乘客的数量立即变少了。几乎都是经常搭乘的熟悉面孔。"

地铁工作人员竟然记得所有乘客的脸？瑠衣二人感到十分震惊。

"虽然不是所有人，但是不管怎样，上班的乘客搭乘时间段都是固定的。上夜班的地铁工作人员会有种大家都是同伴的感觉。"

地铁办公室的监控播放着录像，当时间显示为二十三点四十三分，须贝的身影从录像中飘过。

"啊，这个客人是熟人，从时间上来考虑的话，他是要搭乘二十三点四十四分前往押上的地铁。"

在他之后，犯人应该会经过检票口。瑠衣瞪大了眼睛盯着录像，但是之后并未出现任何人影。两分钟后出现的人是现在在旁边看录像看得入迷的地铁工作人员。

"啊，这是我。因为我听到了女生的大声尖叫，于是就穿过检票口冲了出去。"

"没有出现像是犯人的人。嫌疑人没有经过检票口吗？"

志木呆呆地嘟囔道。但瑠衣却注意到了别的可能性。

"志木，发现尸体的她可能是犯人。"

"在进行调查询问时，我确认了她的身份证，把她的联系方式也记下来了。如果她是犯人的话，事情就变得简单了。犯人装作第一个目击者也是常有的事。但是，你觉得情况有那么简单吗？"

"我只是说一下可能性罢了。"

"就算有可能，可能性也极低好吗？如果她是犯人的话，不仅要把握好须贝经过检票口的时间，也必须埋伏在五号出口。我并不是全盘否定，但是确实说不通。"

志木重新看向了地铁工作人员。

"这个时间段，经过五号出口附近的行人是个什么情况？"

"因为车站的周边有很多的餐饮店。乘客自不用说，行人也是非常多的。"

伏击在人多的地方的话自然引人注目。如果是有计划地犯罪，应该不会那样冒险行事。

"如果要伏击的话，地下通道会比较合适吧。一、二、三a、三b、六号出口是反方向的，虽然通道长，但经过的人特别少，所以很难引人注意。"

"通道设有监控吗?"

"只有一个。设置在三号出口和六号出口的中间。"

"请让我看一下。"

列车员应志木的要求,调到了其他的监控画面。将时间范围更改为二十二点到二十三点四十五分。但是,过了一个多小时,就算画面中有来往的行人,也没有任何人停留在一个地方。

"说到埋伏,也有可能潜藏在摄像机的监控范围之外吧。"

无论如何,都有必要再次去询问发现尸体的第一人。工作不断堆积,连睡眠都变得奢侈。

在侦查总部小睡了会儿,志木和瑠衣决定去拜访之前发现尸体的第一人。拜访地址在一番町,是瑠衣熟知的以时尚杂志为重心的新兴出版社。

"我觉得那个时间段我在场也是某种莫名的缘分,我愿意协助你们的侦查。"

名叫大久保的女职员也许是回忆起昨晚的场景来了,她的眉宇间露出了悲怆的神色。若是第二次进行调查询问,换一个询问人会更有效果,因此这次轮到瑠衣来提问了。

"你以前是否见过这位去世的男性?"

"没有。"

尽管是当即回答,但是看不出撒谎的痕迹。

"请再描述一下当时的情况。"

大久保瞟了志木一眼,神色似乎在说还要再重复一次吗?

"回家的途中，我正要搭乘前往涩谷的列车时，下楼梯时看到有个男人倒在那里。他的头部流了好多血，我便大声地喊了人。"

"在这前后看到可疑的人了吗？"

"我没有特别注意。因为我当时也很急。"

"你平时，也是那么晚回去吗？"

"那就得看是什么日子了。"

大久保自嘲般地笑了起来。

"编辑这份工作大多如此。因为作者们的生活不太规律，所以常常要很晚才能等到原稿。不过，回得了家还算好的了。一旦到了终校日，我们就只能在公司的休息室过夜了。"

听着对方的诉说，瑠衣感觉编辑工作和刑警工作有相似之处，不经意间就产生了同感。

"死者之前在山治建筑工作。"

"是家中型建筑公司吧？"

"你们杂志曾与之接触过吗？"

"啊，怎么说呢。因为我们以时尚杂志为主，没有负责过建筑方面的……虽然我们之前出过'潜规则文化'的慕客志[①]，但是最近已经不做了。抱歉。"

她本人也意识到了自己没能提供任何实质性信息，大久保不好意思地缩起了身子。

"你听到什么争论的声音了吗？"

---

① 慕客志：一种起源于日本的出版品类型，图片占版面的比例很大，内容以主题式信息为主。

"也许是因为五号出口离路岔口很近,所以并不是很安静。因此人的声音也混杂在车辆的穿行声中了……啊!"

大久保突然发出了奇怪的声音。

"怎么了?"

"怎么说呢。现在我想起来了,我当时去车站的路上,对面跑过来一个人和我擦肩而过。如果是急忙跑着去车站的话我可以理解,但是对方跑的方向是反的。我当时觉得有点奇怪。"

瑠衣不由得和志木四目相对。

"是个什么样的人呢?性别、长相、年纪呢?"

"因为当时天色昏暗,对方穿的又是裤子,看不出性别,也不知道年纪。身高和我差不多,不胖不瘦。总之好像是穿着偏黑色的衬衫和西裤。"

将大久保的证言整理成报告书后,瑠衣踏上了两天未归的路途。她真正的睡眠时间只有在总部小睡的三个小时,因此注意力涣散,身体像灌了铅一样沉重。回到家时已经过了下午五点。

虽然回家很早,但是诚也已经等候在那儿了。

"听说这次是会计须贝遭人杀害了。"

没有一句寒暄,父亲直截了当的话语回响在耳边。

"真快呀。已经见报了吗?"

"我在网上看的新闻。报道只写了是在车站楼梯处发现的。他究竟是怎么被杀害的?"

"等会儿再说。"

不经意间，瑠衣的语气又凶了起来。

"局里人手紧缺，我没怎么休息，现在快累死了。"

瑠衣最后的言辞里只有牢骚。但是，父亲是为数不多默默倾听牢骚的亲人。

"因为别的刑警都被其他案件搞得晕头转向了，实际上在为这事情奔波的只有我和志木了。再说这案子像是个无差别杀人事件，线索和利害关系相关的人也很稀缺，比起平时要累上十倍。"

瑠衣提高了嗓门，肆意宣泄着愤怒。诚也纹丝不动地看着女儿，那态度让瑠衣更为愤怒。

"搭档和组长也说了，说山治建筑是不是遭什么人忌恨了。问起我来，我也没法回答。我甚至希望你代替我去回答。"

"山治建筑是家中规中矩的公司。"

诚也的语气未有一丝慌乱。

"因为是家中规中矩的公司，所以我待了很多年。我能够将你抚养长大也多亏了山治公司。"

"所以，我也必须感谢你们公司？"

虽然瑠衣意识到了自己的语言没什么条理，但是她无法遏制情感的奔涌。

"因为相关人员接连被杀害，大家都认为原因在公司这边。虽然我不太想说，但是目前对爸爸工作的公司的印象，是差到极点的。"

"我不知道警察对我们公司是什么印象，但是我们公司得到了顾客的信任。订单没有断过，即便这公寓也是……"

诚也用手指着地板。

"这公寓也是我们建的。"

瑠衣想了起来。

在瑠衣还是小学生时,诚也曾经骄傲地说过这句话:"建筑商做的工作会留在地图上。"

因为诚也素来不自夸,因此这话听起来印象格外深刻。现在只觉得那句话带着自我辩解的意味,故而瑠衣变得怒不可遏。

"须贝是怎么被杀害的?"

"爸,你和须贝很熟吗?年纪都不一样的话,他不会像藤卷一样是和你同年入职的吧?"

"我们只是职位一样。"

"那样的话,就拜托你让我睡会儿吧。我想洗澡,脑子不能正常运转了。"

"这样啊。"

也许是因为瑠衣的话很刺耳,诚也沉默了,没有继续追着不放。但是明显看得出来,如果让他看到瑠衣冷静下来了,会再度开口的。

如果是以前,母亲会来从中调解,父女之间不会因此决裂。而母亲去世之后,瑠衣的内心成长了,争辩也就消失了。

但这次情况稍微有所不同。无论感情多么失和,双方工作的尊严以及立场是基本,这并不是一笑了之的事。不管瑠衣是否想公私分明,是否情愿,事态的走向还是无视了瑠衣的意愿,正要打破公与私的边界。

瑠衣在心中祈祷，希望至少父亲与这件事情是没有关联的。

4

睡了一整晚香甜的觉后，疲乏终于减轻了一大半。瑠衣想起父亲说过"年轻就是一笔珍贵的财富"这句话。

诚也已经去上班了，厨房的餐桌上摆放着为瑠衣准备的早餐。虽然瑠衣想了种种父亲提早去上班的理由，但是每个理由都是不愉快的推论。因此，瑠衣放弃继续思考，她希望至少在吃早饭的时候离案子远一点。

瑠衣正在吃早餐。虽然她很想知道须贝事件是否有后续报道，但是不打算在吃饭时看手机。因为在她年幼的时候，总是被诚也反复教导"这样对做饭的人是不礼貌的"。也多亏了如此，在快餐店吃饭时，瑠衣也养成了一个人默默吃饭的习惯。用礼香的话来说，从旁人角度来看，瑠衣就像一个食不果腹的儿童。

一到办公室，瑠衣发现等着自己的任务就是去拜访须贝的家。尽管瑠衣想早点完成对死者家属的调查询问，但是考虑到亲属和死者相见时的混乱场面，私心认为还是隔天再去拜访比较好。

瑠衣和志木一起朝位于一番町的须贝家走去。

"须贝夫妇好像年纪差了很多。"志木握着方向盘说道。

"须贝的妻子比他小二十六岁，二人还没有小孩。"

标记着数字一到六的一番町据称是日本最早的高级住宅区，

与曾居住在此的泷廉太郎①、与谢野晶子②、岛崎藤村③等文化人有着很深的渊源。搬移于此地的各国大使馆等庄严肃穆的洋式建筑林立，有着一种宛若文化交叉路的情调。许多集体住宅也与周边环境相协调，呈现一派雅致的氛围。须贝的家便置身其中。

报告显示，死者的司法解剖已经结束，但是，计划是在本日的下午把遗体安静地送回死者家中。最好在此之前结束调查询问。

瑠衣一行通过对讲门禁表明来意，出来接待的死者妻子十和子面露惊讶之色。看来十和子误以为丈夫的遗体被运回了。

"您丈夫的遗体我们会在下午送回。在送回之前，我们想问一下您丈夫的情况。"

十和子露出毫无兴致的样子，带着二人来到了客厅。

如之前所说，须贝夫妇确实是老少配。前天只看到了十和子哀号痛哭的模样，但是当瑠衣和十和子相对而坐时，瑠衣发现自己和对方的年纪看起来相差无几。

"要谈谈须贝的什么？"

在十和子发问之前，瑠衣和志木二人就已事先决定主要由瑠

---

① 泷廉太郎：日本明治时期的钢琴家和作曲家。代表歌曲有《荒城之月》《花》《月》等。

② 与谢野晶子：日本明治时期至昭和时期的女古典诗人、作家、思想家、教育家。代表作有《乱发》等。

③ 岛崎藤村：日本诗人、小说家。发表了《破戒》，开创了日本自然主义文学的先河。代表作有散文集《千曲川风情》，长篇小说《春》《家》等。

衣来向十和子提问。

这也是顾及对方丈夫刚刚去世,作为同性的瑠衣来提问更为方便的缘故。

"现在,警察是从事故和事件两方面来推进侦查工作的。如果是事件的话,您丈夫的贵重物品没有被偷的迹象。因此要从仇怨方面来考虑。"

"您说须贝之前被谁憎恨了吗?"

十和子的脸色变得凝重起来。

"他待人很好。我没有想到他会遭人憎恨什么的。"

"与他本人的性格无关,也有可能是受到牵连,或者好心被当成歹意。须贝先生和您提过公司发生的事情吗?"

虽然问的是须贝个人的人际关系,但是其中也隐含着确定死者和藤卷之间的关系的意图。

"须贝生前从事的是会计工作,只跟我说过那是个负责公司决算的部门。因为会计的工作大多关系到公司的机密事项,所以他在家里绝口不提公司相关的事情。我最多也只是知道他上司的名字。"

"谈论过同事和同期入职的人的话题吗?"

"没怎么提,公司和家庭是截然分开的。不过,我不记得他有过疲惫或者心情不好的时候,因此我不觉得他会多因为工作而烦心。刚刚我也说了,须贝是一个性情温和、胆子很小的人,他不爱出头。这样的人,你觉得他会树敌吗?"

"在男女关系上有什么纠葛吗?因为夫人您看起来相当

年轻。"

十和子有些惊讶地睁大了眼睛。

"你问的是须贝或者我出过轨吗？"

"我只是举个例子。"

"没有的事。因为须贝打心底喜欢我，我也没有考虑过须贝以外的伴侣。"

瑠衣没想到她竟然在刑警面前秀起了恩爱，可转念一想，又觉得或许正因为是丈夫刚死的当下才有此必要吧。

"我们俩差了二十岁，须贝的亲戚不太同意我们在一起。但是须贝并不是什么有钱人或者其他。如果两个人互相喜欢的话，是不会存在那样的关系的。须贝也和我说，比起外界的声音，更在乎我自己的想法。"

"那么，夫人听过藤卷亮二这个名字吗？"

"那，是谁呀？"

"前些日子去世的，和您丈夫在同一家公司工作的科长。"

十和子露出十分憔悴的神色，眼神和话语都无精打采的。看不出有撒谎或者糊弄的样子，瑠衣没有找到怀疑的点。

"山治建筑的科长接连去世，并且都留下了疑点。我们在想二者之间可能存在什么共同点。"

一瞬间，十和子略微低着头，似乎在记忆中搜索着什么，但最终还是缓缓地摇了摇头。

"我真的什么都不知道，没帮上什么忙真的抱歉。明明我很想让你们抓到杀害须贝的犯人，但是现在我有点难以梳理好思绪。"

十和子露出痛苦的表情,将手轻轻地贴在了腹部上。

这个行为立马让人明白了隐含的意思。

"您有了身孕吗?"

"是的。"

十和子酸楚地笑了笑。

"今年四月终于怀上了宝宝。"

提到怀孕,孕后两个月是最容易流产的时期。瑠衣很担心死者的去世会给怀孕的遗孀带来不好的影响。

"听说上了年纪后才有的孩子更可爱。须贝就是那么认为的。得知我怀孕的时候,他兴奋到有点紧张。"

十和子的声音断断续续的,不一会儿变成了呜咽。瑠衣和志木只能一直等待,等到她停止哭泣。

哭了一会儿后,十和子将手贴在肚子上,对着瑠衣倾诉道。

"没怎么帮到你们,不好意思。但是,如果须贝是被杀害的话,请务必抓到凶手。为了我和即将出生的孩子。"

瑠衣的心也悲痛至极。她是在成年后失去的母亲,而这个婴儿出生之时就已经没有父亲了。

须贝家有多少财富,两边的家庭是否经济充裕,这无从得知。但是,家里有一个嗷嗷待哺的婴儿,又失去了顶梁柱的话,瑠衣很容易想到未来的艰辛。

但是,自己既不是政府部门的服务窗口,也不是社会福利协会的职员。作为警察,力所能及的也只是抓犯人和预防犯罪。

"那本身就是我们的职责,抓到犯人后我们一定会向你汇报的。现在请好好保重身体。须贝也一定是那么期望的。"

在侦查一科并不引人注目的自己,现在在受害者家属前保证会抓住犯人什么的,只不过是虚张声势和傲慢罢了。但是,在被悲伤击溃的十和子面前,还能说出其他的话吗?

正在瑠衣陷入自我厌恶时,坐在驾驶位上的志木瞟了瞟这边。

"我的脸上是沾了什么吗?"

志木一定是在怜悯自己在十和子面前夸下海口的事情,但是志木担心的却不是这个。

"我们接下来是去山治建筑,这样真的好吗?这是你父亲的公司吧。"

"听说我爸在土木科,去施工现场的次数比在办公室多。"

"不一样,这不是在问询调查处偶然碰到之类的。虽说是职务使然,但是亲生女儿来到了职场。从科长父亲的角度来看,岂不是很尴尬?"

瑠衣感到有些意外,之前她并未考虑到这些。往好的方向说志木是大大方方地说出担忧,往不好的方向说志木是粗枝大叶什么都直说,真没想到他竟然注意到了这样的细节。

"不就是孩子来职场参观吗?我觉得和那个性质是一样的。"

"我觉得有点不一样。"

"在同一个公司出现了两起意外死亡的事件。因为女儿被分配到了侦查一科,在事件发生的时候,你父亲就已经有了心理准备了哦。"

山治建筑的总部在涩谷区雨田川町。这里就像一条专属年轻人的街,一方面,PARCO百货商场和LOFT杂货专卖店等大型小卖店和时尚餐饮店鳞次栉比;另一方面,写字楼等高楼林立,商业功能集聚。山治建筑本部就是其中之一。

虽然已经提前打了招呼,但是对方没有告知调查问询的对象是谁。虽然在总部工作的员工有上千人,但是瑠衣二人只想询问认识藤卷亮二和须贝谦治的人。瑠衣和志木二人向前台说明来意后,被带到了接待室。

接待室就在前台的旁边。虽然对于访客而言是很热情的安排,但反过来说,办公区不会出现在视线内,可以说这是为了防止信息泄露而做的布置。

没有说建筑公司就一定是气派的,但是接待室装潢豪华,如同社长办公室。天花板很高,整面墙都是窗子。其他三面则是现代风的拼搭风格。柔软的双人沙发坐上去舒适至极,有种要睡着了的感觉。

"刚刚我看到了楼层的指示板,每一层都是不同的部门,总部有二十四个部门。"

瑠衣为自己只知道父亲在土木科这一事实感到些许羞愧。

"因为从心理学角度看,如果楼层不同,不同部门和科室的同事就不会碰面,所以他们的交流会变少。"

"这又会怎样呢?"

"一旦横向联系变得淡薄,那么职员们就难以形成整体意见了。之前我读过一本书，这似乎是工会力量弱小的公司的共性。"

志木拿出之前抓在右手的小册子。在前台表明来意之前，他从架子上抽出了一本公司手册。

"为什么你会拿着那样的东西呀？"

"这关系到我们接下来要调查询问的对象。了解公司面向大众而极力宣传的自我介绍没有什么坏处吧。啊，你已经掌握了内容吗？"

"不，我几乎什么都不知道。"

"算了，一般女儿不知道父亲所在公司的情况也是理所当然的。"

翻开志木递来的资料，只见首页刊登着现任会长山路领平的寄语。

"自一九四八年创业以来，伴随着日本战后复兴、经济增长、全球化等社会变迁，山治建筑着手负责了多个项目。这些成果化为了街景的一部分，亦是街道的财富。这也是建筑从业者共同的骄傲。此外，安全、安心且先进的大坝建设，为大型灾害的复建、复兴，甚至通过对国土强劲化[1]做出的贡献，尽到了建筑行业对社会的责任。接下来，敝公司将在谋求经济持续增长以及企业价值提高的同时，致力于与自然和谐共处，建设充满新时代梦想与希望的社会，以期为以顾客为首的利害相关者提供更多的价值、满意和感动。"

---

[1] 国土强劲化：指的是为预防大规模自然灾害，采取防灾减灾等措施的风险管理。

股东的名字在后一页上列了一排。会长以下的八位董事中,竟然有五位都姓山路。

"根据这页可以看出这是典型的家族公司。以会长为首,主要职位都被山路家族的人占据了。代表董事兼社长市川,恐怕是中央银行或者省厅'下凡'①的人。"

"你知道得真详细呀。"

"这是家族企业的特征。为了避免外界的批判,从外部引入代表董事兼社长。因为代表董事兼社长是没有实战经验的外行,所以对董事或者一线工作都无法插手。虽然如此,一旦有麻烦或者丑闻,这个角色都是最先担责的,话说这工资就是用来替人担责的吧。唉,这是让外人担责来保住家族的稳妥安排。"

不一会儿,一个瘦削且长脸的男人出现了。

"初次见面,我叫妻池。"

他递来的名片上写着"秘书科妻池东司"几个字。

"我是警视厅刑事侦查部搜查一科的志木,这位是春原。"

因为瑠衣父亲也在这里就职,提问就交由志木来负责了。

"妻池先生是某位领导的秘书吧?"

"是的。每位董事都配有秘书,我是会长的秘书。"

"之前在电话里和您提了,我们想问关于藤卷亮二和须贝谦治的事情。想见一下很了解这两位的人。"

"所以,我被叫来了。"

---

① 下凡:原指天上的神仙来到人间。此处是指退休高官受聘于与其职务有关联的民间团体或私人公司任职。含有嘲讽意味。

妻池颇为自信地笑了。

"秘书科是唯一一个俯瞰全公司的部门。各个科的内部情况自不用说,职员的赏罚和为人我们也是清楚的。我觉得我是调查询问的合适人选。"

"藤卷和须贝的情况也是如此吗?"

"我个人和他们说过几次话,对二人的死遗憾至极。他们俩的离开,对于山治建筑而言,也是相当严重的人员损失。"

"您个人这么认为的话,也许您确实是合适的。但是,在此之前,贵公司接连出现了两位被害人,请问您有联想到什么吗?"

"我不明白您的意思。"

"相差没几天,同一家公司的两位科长接连去世,并且都是无法断言为事故的非正常死亡。"

"我们知道的只是藤卷科长是被卡车撞死的、须贝科长是从车站楼梯跌落这样的报刊报道。如果你们愿意告知详情,也许我们可以提供更为具体的信息。"

即便妻池说想知道详细情况,但实际上,能公布给相关人员的消息不能超过报刊报道的范围。

"目前还在初期侦查阶段。因为是侦查信息,所以取证特别困难。刚才您说您个人同藤卷和须贝说过话,你们是一同去喝酒的关系吗?"

"不是,还没有亲近到那个程度。"

妻池不好意思地摇了摇头。

"我们秘书科的人必须负责各自董事的日程安排、资料整理甚至红白喜事。成为董事的左右手后，我们经常忙于信息收集的工作，不会参加没有董事出席的酒宴。本身秘书科就是脱离其他部门而完全独立的部门。如果一对一去喝酒的话，反倒会出问题。"

"那相当受拘束呢。"

"最近要求建筑行业比其他行业更透明和廉洁。从昭和时期到平成时期，与大型建筑公司相关的丑闻便频频曝出，世人目光自然会更为严格。拘束点正好。"

这种带有自虐性的言语，听起来是要求品行端正规制下的"叛逆之徒"。

"那么请妻池先生将您知道的事情说一下。关于两个人接连死亡的事实，和山治建筑有什么关系吗？"

"我只能说这纯属巧合。我甚至都没听说过藤卷科长和须贝科长之间有个人交流。"

"但是妻池先生，短短半个月内，同一家公司同一栋楼，都是科长职位的人接连死亡这事情就算是碰巧发生，这概率也是不合情理的。"

"因为是概率极低的事件，所以也能称之为偶然。"

面对志木的追问，妻池回答得从容不迫。成为代表董事会长的秘书后，必然要与政经界摸爬滚打的"老江湖"们频频会面，更要迫于形势，回应以经济类报纸为首的媒体。要成为防波堤的秘书，相应的交涉能力不可或缺。故而妻池的反击也是其能力的一部分。

"那么，妻池，就算这事只是碰巧发生，那你能想到二人必须被杀害的理由吗？"

"如果是个人之间的仇恨,我完全没有头绪。据我所知,藤卷科长和须贝科长二人所处的职位根本不可能结下什么私人恩怨。"

"如果你有具体根据的话,不妨讲出来。"

"藤卷科长是一位做事很认真的人。因为资材科有必要去巩固和供应商之间的关系,所以招待工作人员是惯例。但即使是在那样的情况下,藤卷科长也决不会敷衍了事,公私很是分明。因为他也知道过于热情的招待和密切的来往都会妨害自身和公司。曾经有这么一件逸事,有一次结账的时候,藤卷先生提议 AA 制,把对方公司负责人弄得都不知所措了。"

"在招待中都说 AA 制,那还真是严格呢。但这种过于认真的人,不会被人疏远吗?"

"至少不会有人是因为'认真'这个理由而被杀害的吧?"

妻池这么说也有他的道理,志木不情不愿地点了点头。以前也一直听闻藤卷是个非常认真的人。因此,这只能是对已有信息的补充。

"藤卷在公司没有敌人吧?"

"资材科负责以合适的价格采购必要物资,是我们公司不可缺少的部门。虽然他本人并没有这个想法,但是他在公司是能够左右公司重要事务的部长,与他为敌等于是与山治建筑为敌。不会有那么不自量力的人。"

"须贝科长工作起来是什么样子?"

"须贝科长从进公司起就一直在会计领域工作,也就是说,他是老员工了。目前使用的《会计守则》都是他制定的,使用经费的人都无一例外地畏惧着他。因为无视守则条例、条例外的经费都不会予以报销。爱说长道短的家伙们都喊他'会喘气儿的会计守则'。"

"他为人怎么样呢?"

"是个温和且懦弱的人。关于会计的事情,即便对方是社长他也不会退却一步。但是除此之外,他甚至在新来的女孩子面前都客客气气的。听说一旦遇到硬碴儿,他反驳起来都会变得语无伦次呢,这也许是对会计工作严厉的反作用。但是,那么懦弱的性格竟可以胜任科长一职,这让会长佩服至极。"

"没有树敌吗?"

"从某种意义上来说,会计部是整个公司最强的部门。没人有这个胆子在工作上与之作对。除开工作方面,会有人憎恨这么温柔的人吗?我也不是不能理解警察怀疑是他杀,但是在了解他的人看来,这是一部拍得不怎么样的侦探剧。"

"如果藤卷和须贝都没有被杀害的动机的话,那妻池先生怎么解释二人的死呢?"

"正如我最开始说的,这只是碰巧一起发生的。藤卷科长被推入人流,冲进了车道。须贝科长可能是被醉汉或者其他什么人推倒后,从台阶跌落了下去。二人都不幸遇难。对于好人而言,这是不相称的且难以接受的悲剧。我是那么觉得的。"

妻池从正面盯着志木,这眼神仿佛是在说让警察来侦查这两起事故是对二人的亵渎。

"不过,万一二人是被杀害的话,那我们山治建筑的相关人员都会不遗余力地配合警方的工作。我可以把消息传达给资材科和会计科，让他们来接受调查询问。"

妻池绝不是什么身材魁梧的人，但是他的话语中却内含威慑力。习惯提问的志木也因为情况不同以往而有些难以招架。

"那时，还希望您能配合我们的工作。"

看得出，能如此收尾，已是最佳状态了。

初次拜访竟然是这种情况，二人都有些想放弃了。正要起身时，突然妻池将视线投向了瑠衣。

"话说，你是叫春原？"

"是的。"

"莫非您是土木科科长的女儿？"

虽未特意隐藏自己的身份，但一旦被道破，还是会感觉不舒服。

"是的。"

"果然是。好少见的姓氏。之前我听说过春原科长的女儿是刑警，没想到竟因为侦查工作碰见了。"

妻池一改语气，对着这边亲切地笑了笑。虽然知道这是客套话，但不得不说这是滴水不漏的回答。

"我父亲吹嘘过我是警察这回事吗？"

"吹嘘什么的倒是没有。之前和春原科长闲聊时，提到过彼此孩子的求职情况。我还记得当时的情景。"

瑠衣记得通过录用考试还是多年前的事。现在还能记得的话，记忆力已是相当之好了。

"我们自然会配合警察的工作。如果是由您来负责的话,那我是相当欢迎的。如果您能指名叫我的话,我可以随时与您会面。"

即便是在分别时,妻池都一直怀着友好的态度,目送着瑠衣他们。但是,一出了总部大楼,志木就露出了非常后悔的表情。

"被摆了一道。我们完全被耍了。"

"没看出来呀。"

"你回想一下和妻池的对话。虽然对方多次说会不遗余力地配合我们,但他透露的信息只是我们事先获得的信息的强化版罢了。无论是严谨认真的资材科科长,还是令人害怕的'会喘气儿的会计科长',都应该是受人喜欢的人,不曾被人憎恶过。妻池含糊暧昧的回应,使我们最终得知的信息是比公司手册还要没有意义的东西。"

瑠衣想起进公司前关于职场参观的比喻。正如自己所说的那样,这就等同于孩子们若无其事地前往父母的工作地,最后被随便应付地赶了出来。

"妻池虽然说欢迎春原,但也许你不露脸是更好的办法。毕竟还未正儿八经地和对方对话,现在就已经跟着对方的节奏走了。"

志木的担忧是理所当然的。瑠衣不觉得能赢过毫无破绽、无隙可乘的对方。

正因如此,瑠衣丝毫没有想过放弃追查。

如果妻池甚至山治建筑有所隐瞒的话,那么无论如何都要揭露真相。

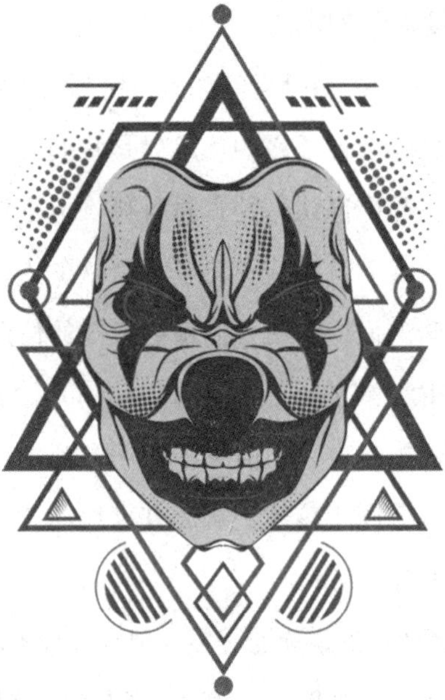

第二章

疑神疑鬼

1

六月二十二日，须贝的葬礼在东京都内的寺院举行。瑠衣再次在场地外用眼睛追踪着出席人员的身影。

此寺院位于小学旁边，打听得知，是千代田区自江户时代起留存至今的唯一一处庙宇。怪不得墓地上矗立着陈旧不已的墓碑，悬挂着似乎是青铜材质的吊钟。本次葬礼的出席人数比藤卷葬礼的要少，仅五十人左右。不过一想到殡仪场的规模大小，这个人数倒是刚刚好。

丧主十和子礼貌地回应着一个个出席人员，但或许是怀有身孕的缘故，她一直坐着寒暄。有时，她好像担心着腹部似的，将手放在上面，此情景看着令人心痛不已。

瑠衣在参加完藤卷葬礼后，在总部对出席葬礼的吊唁人仔细地分了类，因此，她大致记得出席过的公司人员。今天到场的也有许多熟面孔。昨天问过话的妻池也出现了，他摆出老实的神情，难以分辨出他是真的因为哀悼而露出这般神情，还是如昨天一样进行了毫无破绽的伪装。瑠衣希望是前者。

然后，不出所料，诚也也出现了。

只能去问本人是否和须贝存在私下往来了。但是,也有可能是因为科长的职位,故而诚也出席了葬礼。

问题是他对着十和子表示慰问时的神情,并不是平日里冷淡的神情,而是几乎从未见过的沉痛神情。

母亲去世那天的情景又恍若昨日般浮现于眼前。母亲躺在医院的病床上,消瘦虚弱,最后如熟睡般告别了人世。在一旁照料的诚也脸上那悲痛的神情,至今都令人难以忘怀。

诚也在十和子面前露出的悲痛神情,很像母亲去世时他所露出的神情。莫非须贝的去世,等同于常年相伴左右的妻子的去世?如果是那样的话,瑠衣必须去质问一番了。

之后,来吊唁的公司职员络绎不绝,但只有一个人引起了瑠衣的注意。

这是一个与妻池等人无法比较的瘦弱男子。瑠衣窥见溜肩、身形也很单薄的他穿着西装,手脚像棍子一样。完全看得出他穿不惯西装,至少不像个公司职员。

瑠衣联想到了稻草人。这男子的脸颊消瘦无比,他的站姿在旁人看来甚至像个幽灵。

稻草男没有和十和子交谈,仅仅是行了个礼便消失于正殿。瑠衣打开数码相机回看拍过的照片,以确认镜头是否捕捉到了稻草男。这个人是什么人,和须贝是什么关系?瑠衣必须在葬礼结束后问一下十和子。

须贝的遗体在就近的火葬场火化后,当日下午就被静悄悄地送回了家。对于葬礼结束后立刻去拜访这事儿,瑠衣有点打退堂鼓。但她还是心一横，和志木一同走进了一番町的须贝家公寓。

"请进。"

十和子招呼着二人进来，看起来非常疲惫。向出席人员表示完感谢，举办完葬礼，她终于可以不受外人打扰，和去世的丈夫待在一起。瑠衣决定早点结束问询工作，然后迅速告辞。

在仓促制好的佛龛之下，摆放着一个被白布裹着的骨灰坛。瑠衣和志木坐下后合掌致意。

再次与十和子相对而坐，瑠衣不知道如何开口比较好。说"节哀顺变"吧，时候不对。但说"辛苦了"吧，也有种置身事外的感觉。稍微思索了下，瑠衣想到了一句无可非议的话。

"您身体，没什么大碍吧？"

"因为一直站着很辛苦，所以我就坐着了……不过，心情糟糕，再加上忙碌的缘故，都没能好好哭一场。"

因为对方是同性，使人安心，所以十和子吐露着真心话。瑠衣完全能够想象，丈夫的去世和孕吐反应，再加上心情最糟糕时还要当丧主，会给她怀孕的身体带来多大的负担。

"一想到接下来要慢慢体会没有了须贝的生活，我就有点害怕。"

十和子一面说着，一面抚摸着自己的肚子。用婴儿的到来填补掉丈夫去世的哀伤，这是粗暴的歪理。但是瑠衣希望十和子的负担能因此而被减轻。

"在今天的葬礼上，你和出席人员一个个都打了招呼吧。看着有五十人左右，你都认识这些人吗？"

"如果来的是亲戚，我一下子就能认出来，但如果来的是职场人士，我完全……因为他从没带同事和下属来过家里。"

"那么这个人呢？"

瑠衣递出一张照片。上面是用数码相机打印出来的稻草人的侧脸。虽然是用长焦镜头拍摄的，但还是捕捉到了其特征。

十和子仔细地端详了会儿，突然嘟囔了一句，似乎是想起了些什么。

"啊，这个人，我觉得是须贝的朋友。"

"你知道是一个怎样的人吗？"

"抱歉。他的名字我忘记了。结婚典礼上他是以须贝朋友的身份被招待的，那时须贝介绍过他。但自打结婚以后，便再也没有来往过，真是太久没见了。"

"你知道他叫什么名字吗？"

"结婚典礼的座次表什么的，老早就不知道扔哪儿去了。最近我已经不寄新年贺卡了，也没有回忆的素材。没能帮上忙，真是抱歉。"

与十和子说的话截然相反，十和子看起来并未感到很抱歉。

瑠衣注意到十和子的视线并不在骨灰坛上，而是放在自己的肚子上。

"在您因为操持葬礼而劳累不已的时候前来打扰，真是抱歉。"

瑠衣二人将必要的信息都问出来了。而且正如当时所计划的，该是告辞的时候了。

离开须贝家时,志木感慨道:"真是厉害呀,那位夫人。不,应该说,那位母亲好厉害。"

一提到这个话题,瑠衣不知为何心情有些不舒畅。

"你这话是什么意思?"

"你啊,不把我当前辈了是吧?"

"没有的事儿。你可是早我两年分配来的前辈啊。"

"春原,你应该观察到了,之前须贝夫人并不是在看骨灰坛,而是在看她自己的肚子。我也观察到了。比起死去的丈夫,她更关注未出生的孩子。"

"但那是十和子很厉害的理由吗?"

"因为我没有生过孩子,所以我只是胡乱猜测一番。这不是和防卫本能一样的东西吗?比起为了死去之人郁郁寡欢,考虑未出生的孩子才能涌出生存下去的动力。这对母体也是有益的。"

"这是个很好的理由。"

实际上,瑠衣也持有相同的观点。但是,听志木解释得这么详细,她还是感到不快。

"或许是这样吧。但我觉得她那样做是为了维持精神和肉体,这是一个严谨的体系。现在她不是一个妻子,而是一位母亲。"

瑠衣愣住了。

男性眼中的女性形象无论如何都是纯粹的。因为葬礼,十和子从妻子的角色转换到了母亲的角色,不完全像个机器人吗?

十和子不是成了母亲,而是拼命想要成为母亲。十和子必定认为孩子平安地出生,健康地长大,才是对须贝最好的祭奠。操办完葬礼后,十和子依然在妻子与母亲的夹缝中痛苦地煎熬着。

但是,比起那个,更令人惦记的是稻草人的来历。如果他是须贝的朋友的话,那来参加葬礼没有任何异常之处。但是瑠衣却非常在意这张取景器中的侧脸。

那人究竟是什么来头呢?

瑠衣对照着从山治建筑得来的职员名单和数码相机的照片,再根据从十和子那里调查询问来的亲属信息,前来参加葬礼的所有人的来历都变得一目了然。

只是,要除去之前提过的稻草人。

"但据夫人的证言称,他是受害者的朋友。"

拿到瑠衣他们报告的宍户并未把稻草人放在心上。

"因为是邀请参加结婚典礼的关系,即便彼此之间没有往来,但看到报纸上的讣告后就急忙赶去了。这没什么好大惊小怪的。"

"也许确实是那么回事。但是,只有这个人来历不明这点是我在意的。"

"虽说不清楚那人的来历,但将他当作嫌疑人还是缺少证据。先别管从出席人员中揪出嫌疑人这事儿了。比起这个,我们首先要考虑它和藤卷事件之间的相关性。"

宍户轻飘飘地敷衍完瑠衣的报告,转过身面向志木。

"这两人之间有什么关联吗?"

"当前情况是:二人之间除了同事关系,找不到其他任何的共同点。藤卷的资材科和须贝的会计科在不同的楼层,也有其他的缘由，彼此间交流不多。没有证言说藤卷和须贝有私交。虽然山治建筑公司有许多同好会，但因为两个人都没加入任何小组协会，这里也没有发现共同点。"

"但是，如果都是科长职位的话，和股东一起打高尔夫什么的，会有各种接触吧。"

"听说就算是有股东大会的联谊，科长级别的人也是不会参加的。山治建筑公司给我留下的印象是，无论于公还是于私，这家公司都完全是通过同族来巩固的。"

"调查询问有结果吗？"

"我们还在继续打探藤卷事件和须贝事件，但未能得到锁定犯人的目击信息。"

"这两起事件有相似性。犯人假装成路人实施犯罪是一点，另外一点是猛推受害者这一单一的手法。因为是单一的手法，所以事先也不需要准备工具，加害者判断完现场情况后断然实施犯罪。虽然犯罪手段很原始，但是既简单方便又很有实际效果。反过来说，因为没有计划性，所以难以露出马脚，也难以留下物品之类的证据。"

宍户说着，眉头皱得更紧了。

"在这种情况下，侦查的关键就是包含监控摄像头在内的目击信息。只要没有收集到目击信息，其他就都无从谈起。"

志木和瑠衣都没法反驳。如果犯人的手法是原始性的，那么侦查手法也要原始性。

宍户的批评很有道理，线索似乎只能通过亲自走访来调查收集了。

不过，要想打听得有效果，人是不可或缺的。藤卷事件现场西新桥的岔路口和须贝事件现场半藏门地铁附近的人流量和车流量都很多。但是，派去调查询问的侦查员只有管辖区的人和宍户组的人。说是少数精英，听起来好听，但是强迫同一个人长时间做同一件事，很容易让人产生精神上的疲惫。如果没有得到有价值的信息，那么侦查员的热情就会冷却下来。

即便如此，瑠衣他们也没有其他能做的事情了。

瑠衣回到家已经过了深夜十一点。每天都是第二天早上或者快到十二点才能回家。虽然作为年轻姑娘来说是不正常的，但是，只能用年轻人特有的逞强这个理由来说服自己。在解决与山治建筑相关的事务之前，如果自己因为过度劳累而倒下的话，那就成了天大的笑话。

宍户命令瑠衣他们继续打听，但是瑠衣的关注点已经飞到其他地方去了。自不待言，关注点放在了稻草人的来历身上。如果稻草人是被叫来参加结婚典礼的朋友，那么参加遗体告别仪式也是理所当然的，这件事也不是不能接受，但唯独有点令人难以释怀的感觉。虽然不能明确地用语言表达出来，但是那个稻草人身上飘荡着一种险恶感。不过，就算告诉宍户这一点，宍户也必然会说是自己的内心迷茫了而否定自己。因此，瑠衣按照指示，今天继续在半藏门地铁站附近随机拦下路人，获取目击信息。

总之，瑠衣不想再多走一步。她只想流完汗、卸完妆后洗个澡，像泥巴一样瘫软着入睡。

"我回来了。"

瑠衣发出声音一半是因为习惯。直到刚才，她一直都在拦截路人，反复地问同一个问题，她不想再多说一句话。日语中有"舌根都干巴巴了"这种说法，而现在的瑠衣恰好是这种状态。瑠衣感觉口腔黏膜凝固了，舌头都无法随意动弹了。

两条腿像棍子一样，就算有人对瑠衣说进行屈伸试试，瑠衣也一定会无视对方。

瑠衣甩掉平底皮鞋，没有摆放好就直接踏进走廊。此时诚也一定换完衣服在休息了。

因此，见到坐在客厅沙发上的诚也时，瑠衣大吃了一惊。

诚也没有换衣服。不仅如此，他的左侧脸还青了一块，眉毛附近肿胀不已。为此，诚也的左眼皮也耷拉了下来。

"欢迎回来。"

"别欢迎回来了。怎么回事，你那个伤？"

"没什么事。"

"没什么事，那为什么脸成这样了。怎么看，你都像被人揍了似的。"

瑠衣可以看出，诚也既没有涂药，也没有贴创可贴。瑠衣一扫此前的疲劳，急忙冲进杂物间，从已经不记得上次是什么时候打开过盖子的急救箱里拿出创可贴，回到了诚也身边。

"爸爸，你别动。"

"你太小题大做了。"

"这种伤,之前不是从来没有过吗?我可不知道是谁在小题大做呢。"

瑠衣给诚也的伤口消完毒后,涂上软膏。诚也连眉毛都没动一下。

"爸,你今天是去参加须贝的葬礼了吧。你这个伤是在哪里被人揍了?"

"没有的事。"

"爸,你别找一些低劣的借口,比如在路边摔倒了什么的。"

"我不是被人揍了,我还狠狠揍回去了。"

"你是小孩吗?"

瑠衣处理父亲的伤口时,轻轻地嗅着诚也身上的气味。她没有闻到任何酒气,空气中飘浮着鲜血的气味。

恐惧与疑虑同时从瑠衣心中升起。尽管父亲是在施工现场负责指挥的,体格健硕,给人一种强硬的印象,但诚也从不粗暴待人,更遑论施暴于人了。至少自瑠衣记事以来,父亲便一直如此。瑠衣深信没有人比父亲更远离纷争与暴力了。

但是,父亲明明滴酒未沾,却参与了打架事件。并且他连衣服都没有换,很有可能是在葬礼上和其他人发生了冲突。对瑠衣而言,这是不可能发生的事情。

"虽然我觉得很不可思议,但这次是在葬礼上发生的冲突吧。"

诚也没有吱声,而瑠衣将不吱声判断为肯定的明证。

"我惊呆了。"

"不是这样的。"

"那是怎么回事呢?"

"不是葬礼上,是须贝出殡之后。所以,我并没有给须贝和他的妻子添麻烦。"

"你这和小孩子的诡辩有什么区别。"

刚给诚也处理完伤口,瑠衣便绕至他面前。瑠衣之所以站在这个位置,是为了让诚也既无法回避瑠衣的视线,也没法岔开她的话题。

"快回答我,爸。须贝出殡后,究竟发生了什么事?"

"和你没关系。"

"不可能没关系吧。这可是山治建筑的两位科长——藤卷和须贝——接连死去的案子啊。那是在葬礼座席上发生的事情吧。最关键的是,爸,你不可能和其他人产生冲突。"

"你没起过冲突吗?"

诚也冷静地反问道。

"因为工作方式,你没有和上司及同事起过冲突吗?"

"但那只有一两次……"

"即便是同一个集体,也并非就会团结如磐石。无论多么团结的企业,终归是个人的聚合。其中既有意见不合的家伙,也有合不来的家伙。"

"就算如此,也没必要互殴吧。"

"哪个公司都有冲动行事的家伙,这与场所和观众无关。"

"爸,你还没有回答我的问题。"

瑠衣直截了当地逼问道。

"是因为什么吵起来的呢？无论对方多么冲动，你都能游刃有余地解决掉吧。"

"你这夸得太过了。"

诚也没有移开视线。

不过，诚也也不见得会告诉瑠衣真相。他既没必要撒谎，也没必要吐露全部实情。

"告诉我原因吧。"

"真是啰唆。这事和你没有任何关系。"

"这事和我有关系。"

诚也再次陷入沉默，这恰好可以看作肯定的证据。

"我要去睡了。"

看来诚也完全没打算再多说什么，他没有看向这边，而是起身站了起来。

"再等会儿，话都还没说完呢。"

"我现在不想说。但是，时机一到，我自然会和你说的。"

客厅只剩下瑠衣孤零零一人，她望着父亲走向卧室的背影，对到最后都没告诉自己想法的父亲而闷闷不乐。

父亲说他现在不想说，这意味着他知道些什么。

什么时候才算好的"时机"？是犯人被逮捕、事件告一段落时，还是发生了其他的事情时？

瑠衣虽然想跟上去追问，但是她迅速意识到问了也是白问。诚也虽然不会撒谎，但是他是这么一个人：即便有黑色物体爬出，他都不会承认那是虫子，会坚称那是黑豆。① 在嘴硬这点上，诚也和过去遇到的嫌疑人相比有过之而无不及。即便瑠衣想再问一遍，诚也的嘴巴也必定如同贝壳般紧紧闭合着。

但是，还没弄清的疑惑又带来了新的疑惑。瑠衣在下一秒想到的事情，竟令自己也惊愕不已。

说不定诚也同藤卷及须贝事件之间有很大的关联。

他不会是杀害两人的凶手吧？

新的疑惑浮出脑海后，瑠衣的身体紧绷了起来。

这怎么可能？！

不会有这种事的！

虽然瑠衣慌忙摇头打消这个念头，但这一念头却没法轻易消除。

冷静！好好思考！

藤卷被杀害的时间是六月四日晚上七点二十分左右。那时诚也在哪里？在干吗？

当日八点过后，瑠衣因为调查多人中毒死亡事件恰巧在事故现场。回家时见到诚也已经换上了睡衣。但是如果是诚也将藤卷推倒后再匆忙赶回家的话，不在场证明是很难成立的。

因此，不在场证明可以算是不成立的。

那须贝事件又是怎么回事呢？须贝的尸体被发现的时间是十九日晚上十一点四十五分。因为瑠衣在回家途中就接到了最新

---

① 日本俗语。比喻即便自己是错误的，也会固执地坚持自己的主张。

通知。又因为她没有回家,所以也没法确认诚也当时是否在家。所以,即便在这件事上,诚也的不在场证明也不成立。

瑠衣的后背感到一阵发凉。

瑠衣本来觉得纯粹是自己在胡思乱想,但是另外一个自己警告她,不要无视从逻辑上没法否决的可能性。诚也带有深意的话语在瑠衣脑海中回响。

即便瑠衣卸完了妆,洗完了澡,躺进了被窝,但那疑虑依然在她的脑海中盘旋,挥之不去。

最终,瑠衣整夜未合眼地迎来了第二天。

2

即便瑠衣整夜未眠,第二日的早晨还是无情地如期而至。瑠衣不想在餐桌上碰见诚也,于是比平时更早地离开了家。

明明只有七点多,但是桐岛组和麻生组的两个组长和好几位侦查员已经到岗了。瑠衣每次都发自内心地佩服,佩服他们不愧是争夺最高破案率的两个组,能量果然不同寻常。

"今天你来得好早呀,春原。"

向她打招呼的是麻生。

"宍户组只来了你一个人吧。是有要赶早来处理的事件吗?"

"堆了很多工作,我们部门连西新桥那起事件都还没处理完。"

"啊,是发展到与山治建筑有关的事件吗?"

麻生像是想起了什么似的说着，脸上露出抱歉的神色。

"是由宍户组单独搜查的吗？本来我们也很想加入的。"

"有您这份心意就够了。你们的案子不仅在继续调查中，而且还升级了。"

三日发生的多人中毒死亡事件在二十日又有了新案情。往长野方向行驶的大型公交车爆炸起火，经过调查可知，此事件和之前的多人中毒死亡事件之间是存在关联性的。多人中毒死亡再加上大型公交车爆炸让事态持续恶化，专职负责的桐岛组自不用说，连麻生组都无暇顾及别的案子。

"我们都面临着人手不够的情况，但请你千万不要想着一个人去承担这件事。那样的话，如果春原你扛不住了，最终也会对其他家伙造成影响。一个人硬撑，可能会导致所有人都硬撑下去。"

麻生对非直属的手下也很关心。因此，他在侦查员中很受拥戴。虽然麻生为人冷冰冰的，但是在心思细腻这点上，会让瑠衣联想到诚也。

"我会铭记于心的。"

"一大清早的，你别回答得这么一本正经。看看我们部门的犬养，他在室内时，就像是爬上了陆地的海豹。"

"您的意思是要我效仿吗？"

"犬养在室内时就像海豹一样，但是他一到事件现场，就会变成飞驰的猎犬。如果整天都紧张兮兮的，是很难坚持下去的。拜了。"

挥了挥手后，麻生回到了自己的位置上。尽管瑠衣希望宍户有麻生一半的体贴,但这只是一种奢望。

瑠衣正喝着咖啡消除困意之际,志木到了。

"哟,真是少见啊。你竟然来得比我还早。"

"偶尔这样子啦。"

"那我们赶快出发吧。"

椅子还没坐热,志木便起身,和瑠衣一起前往半藏门。

为了深入询问调查,他们几经曲折想出的方针,是征集事件发生时途经的上班族的目击信息。

虽然在事件发生时,他们在同一个时刻就进行了调查询问,但是也有可能目击者只是在事件发生的当日回家比较晚。而工作族回家的时间即使不一致,但上班时间大抵是类似的。所以如果在早上的高峰时段进行调查访问的话,也许能找到目击者。

不过高峰时段也有高峰时段的坏处。出入地铁站的人来来往往,要逐一询问也是件极其困难的事情。

"是六月十九日的晚上吗?那天我是准点下班的。"

"啊,那天是定休日。"

"不好意思,我现在很赶时间。"

"你站在那里太影响别人了!"

和自己交谈的路人还算是配合的,大部分人经过瑠衣他们时都会选择无视。

调查询问百分之九十九的概率都是徒劳无功。能积极配合陌生人死亡事件调查的人并不多,就算存在这样的人,也只是一些在一旁看热闹的人罢了。与抓捕犯人有关的有利信息,并不是那么轻易就能得到的。

时间在流逝,人们也离开了。瑠衣他们得到的信息约等于无,也不知道排除了多少可能性。

"谢谢您的配合。"

无论多么形式化,他们依旧一无所获,瑠衣垂下的头更沉重了。她一直站着,感觉大腿都快要发出悲鸣了。

"你不觉得在早上的人流高峰时段,寻找深夜的目击者是件没有效率的事情吗?"

"这得根据时间和场合而定。"

志木既没有愠怒,也没有来哄人。

"在一个宽敞的池子里,如果现状是不知道鱼在什么位置的话,最好是从各个位置依次垂下钓丝。效率是在知道鱼的位置之后的事情。"

虽然道理是懂的,但瑠衣暂时还是难以接受。早就过了初夏的东京都内,一到上午七点,光线就会变得强烈。虽然她没有到处走动,但是一停下脚步便会汗流浃背。瑠衣的额头上也冒出了大颗大颗的汗珠。瑠衣正要开口问是否需要休息一下时,她的视线中出现了一个绝不会看漏的人影。此男人瘦到病态,衣服下露出像棍子一样的四肢。

是稻草人。

出席了须贝葬礼的那个男人,一直在隔着马路的四号出口向路人搭话。看上去,他好像和瑠衣一样在进行调查询问。

"志木。"

"我知道的。在参加葬礼的人中,这个男人是唯一一个来历不明的人。"

志木话还没说完,就突然跑了起来。

"我们前后将他包围住,我从坡道的上边过去。"

这个指示意味着瑠衣从坡道的下边靠近目标。按照志木的指示,瑠衣穿过人行道跑向四号出口。

一眼望去,志木正大着胆子等车辆空档好穿过车道。

二人准备以四号出口为中间点,从两侧包围住稻草人。这么一来,稻草人就只能冲进车道,或者从出口处去往地下的楼层。

即便放轻脚步,也没能消除靠近的气息。在瑠衣距离稻草人十米左右时,稻草人好像注意到了二人的靠近。

"我是警察。"

最先开口的是瑠衣。在她出示警察证件的时候,志木来到了稻草人的身后。

"我有话想要问您,请配合我们的工作。"

"巡查部部长春原瑠衣,您工作辛苦了。"

稻草人微微一笑,但这笑容并不令人安心。

完全异样的感觉。

在对方对着自己笑的瞬间,瑠衣没有感受到危险的气息。

"你刚才是在这里做什么?"

"你们是在惯例盘问吗?"

"现在是我们在问你。"

"我在调查询问哦。和你们一样。"

"你调查询问什么呢？"

"这不是显而易见吗？'六月十九日的晚上十一点四十五分左右，你看到五号出口附近有可疑的人走过去吗'？"

"你有什么可以证明自己身份的东西吗？"

"如果名片可以的话。"

男人拿出一张名片，上面印着这样的字样。

"鸟海侦探事务所代表鸟海秋彦"。

"Toriumi 先生。"

"这个读作 Tokai。我虽然是个侦探，但我的专职工作是寻找遗失物品和出轨调查。"

"你是一个私家侦探，那为什么可以在这样的地方进行调查询问呢？"

"很明显，我是在寻找须贝谦治事件的目击者。"

"既然你是侦探，那应该是受人委托来进行调查的吧。"

"关于委托人，我们有保密义务。"

"你昨天去了须贝的葬礼吧。"

"什么！被你们知道了啊。那想必你们也知道我是须贝的朋友了。"

鸟海爽快地承认了。

"调查的委托人就是我自己，因为我个人无法接受须贝的死。这个理由应该足够了吧。"

"侦探也会进行私人调查吗？"

"你没有朋友吗？"

这个问题乍听之下让人措手不及。

"和我没关系吧。"

"你没有吧。"

"我有的。"

"如果我最好的朋友被无故杀害，我就会想知道作案动机和凶手姓甚名谁。我会考虑将工作放在一边，先去进行调查。在这点上我和你是一样的。"

"侦探先生，你是打算和警察竞争吗？"

"我没有想竞争什么的。"

鸟海怔怔地耸了耸肩。

"明明四天都快过去了，你们现在还在事故现场附近进行调查。这证明你们要么是没有收集到目击信息，要么是初期侦查的进度滞缓。在我们展开竞争之前，你们那边掌握的资料都不够。"

侦查的进展情况被人这么一针见血地指出来，真叫人怒不可遏。

"不好意思，请问事件发生时，您在哪里，又在做些什么？"

"我当时在我名片上所写的这家事务所里。"

"这时是深夜哦。"

"这是我的住所兼事务所。"

"有给你做证的人吗？"

"有监控。因为监控就安装在我事务所的门口，可以拍到包括我在内的所有出入的人。如果需要的话，我可以提交监控硬盘给你们。"

看来鸟海已习惯了这样的对话,他的回答随机应变,没有一丝停顿。

但是瑠衣一点也不佩服。倒不如说,这让她觉得这人加倍可疑,不可信任。

"请你不要干扰警察的侦查工作。"

"你们的侦查进度还没到我可以干扰的程度吧。"

鸟海越说越令人不爽。如果是为了激怒对方而选择这样的用词,那真是一个绝妙的选择。

算了,不管了。如果真的有人妨碍了侦查工作,那只要以妨碍公务执行罪逮捕就可以了。

"我们之后也许会抽空去拜访您的事务所。"

"欢迎前来。"

鸟海环顾了一遍四周,扬扬得意地叹了口气。

"哎呀、哎呀,在我接受你们盘问期间,人流高峰期都已经过去了。你们才是妨碍了我进行调查呢。"

"彼此彼此。"

"至少我一个人比起你们两个人的侦查更有成效。比如说,你们两人一直在犯罪现场附近的五号出口进行调查询问。但既然有两个人的话,这边的四号出口也应该安排一名人员。"

"你说得真是怪了。为什么要在对面的出口进行调查询问呢?"

"我说你,看到这个地形没有想到什么吗?"

鸟海从出口处指着延伸的斜坡。在地铁站内部的构造上，五号出口比四号出口位置低很多。

"这个斜坡的坡面很陡。所以，如果是在英国大使馆附近工作的话，许多家伙会在上班时从四号出口出来，下班时从五号出口进入。这样的话，只要一直下坡就行了，不需要爬坡。担心自己腿脚的人和上了年纪的人都是这么干的。所以，如果不在四号出口进行调查询问，那最终可能会错过目击者。"

环视周围，瑠衣发现在四号出口和五号出口的中间，确实有一条延伸至大使馆的路。

"你竟然还知道这个。"

"只要稍加观察就会知道。"

鸟海的语气，似乎是在说瑠衣他们是一群低能儿一样。瑠衣不由自主地向前迈出了步子，一触即发之际，她被志木按住了肩膀。

"别这样。"

鸟海甚至都没看瑠衣一眼便离开了。但是他似乎突然改变了心意，停下脚步回头这样说道。

"麻生还好吗？"

瑠衣急忙想要追赶上去，但鸟海的身影已经消失在人群中。

"这人不是鸟海吗？"

回到总部，瑠衣将鸟海的照片给麻生看，麻生似乎很怀念似的大声说道。

"麻生组长，你认识他吗？"

"何止是认识，他还是你的前辈呢。"

鸟海以前是刑警？

"宍户他们可能已经不知道鸟海了。鸟海比我小一岁，之前和我在同一个组工作。犬养入职时，鸟海正好离职。传言鸟海开了一家侦探事务所，但没有想到他竟然是受害者的朋友。世界真小啊。"

"他是一个什么样的人啊？"

"作为刑警来说，他是顶尖的。他的破案率即便是在一科，也是出类拔萃的。如果他一直干下去的话，应该比我和桐岛晋升得更快吧。"

"那鸟海离职的理由是？"

"我不晓得。"

麻生的语气突然变得低落。

"我们只知道他是因为个人原因才走的。虽然当时的刑警部部长拼命挽留他，但是他本人态度似乎很坚决，没有听从部长的意见。"

"他作为刑警是优秀的，那他为人又怎么样呢？"

"春原，你是和那个家伙说话了吗？"

"是的。"

"他给你什么印象呢？"

"可以说是乖戾吧，他给我一种看不起我们的感觉。"

"他还是没有变呀。那就是那个家伙的手段。"

"手段，那是手段吗？"

"他习惯激怒初次见面的人，由此去试探对方的反应和性格。这是我们在审问时经常使用的手段，鸟海也会将这个用到嫌疑人以外的人身上。"

"他真是一个奇特的人。"

"你不需要拐弯抹角。那个人，就是一个乖僻的人。"

"但对第一次见面的人采取那样的态度的话，会没朋友的吧？"

"啊，所以和鸟海亲近的人非常少。不过他本人似乎并不在意。"

瑠衣再次将视线落在了鸟海的照片上。在十和子面前他是老实的模样，而刚才的他目中无人，完全变了个样。究竟哪个才是真正的鸟海呢？还是说他是一个面对不同的人采取不同态度的虚伪之人呢？

瑠衣只确定一件事，那便是一个难以对付的人参与到了这次的事件中。

3

第二日，志木和瑠衣前往新宿。根据昨日鸟海递来的名片，事务所就位于新宿区荒木町。

"没想到鸟海曾经竟然是刑警。"

瑠衣直接吐露了自己的心声。

瑠衣在初次见面时感觉鸟海是一个可疑之人，直到如今这种印象都未曾改变。她做梦都没有想到这个人曾经竟然是和自己出入同一层楼的前辈。

"但是，刑警辞职后开侦探事务所也是常有的事。刑警这一行，不好转行。只要不是精英阶层，重新就职只能做侦探或者保安。"

"现在考虑退休之后的事情，有点难受呢。"

"不是现在考虑。"

志木无趣地嘟囔道。

"从分配到侦查一科的第二天就开始考虑了。"

瑠衣当作没听见的样子，回想起了鸟海的容貌。由于工作关系，瑠衣跟各个行业的人都打过交道，但接触侦探这个行业尚属首次。这和鸟海本人一样可疑，但同时，瑠衣的内心是越害怕，越想了解对方。

荒木町是一条有着非常多斜坡的街道。平坦的道路屈指可数，行人大多数时候处于在某个坡上或坡下。

因为这条街道的地形呈蒜臼状，因此听说荒木町这一带即便位于新宿区，房价也极其便宜。往上走了一会儿后，斜坡的两侧出现了一堆混居楼。鸟海的事务所就在这些建筑中。

站在一栋八层的楼前，瑠衣有些为难。褪色的墙面上镶嵌着白浊的玻璃窗。这栋楼恐怕是昭和初期所建，弄不好是昭和遗物那样的建筑物。

"这栋楼，符合现在的抗震标准吗？"

"至少它在上次的地震中没有倒塌，那不就是达标了吗？"

两个人忧虑地聊着天，走进了入口。楼里散发出一股霉味，湿气都黏附到了皮肤上。

"到了只限本楼的租户才允许进入的时候，侦探也就没什么机会发挥本事了。侦探这个职业就没法出现在再就业的范围中了吧。"

"本以为侦探这一行会给人一种更潇洒的印象呢。"

"只是寻找失物和调查出轨的话，挣不到多少钱吧。"

二人乘上看起来随时会停的电梯来到四楼。因为这里只有三个房间，所以很容易就能找到事务所。右侧的门上悬挂着一块牌子，上面写着"鸟海侦探事务所"。

"你看那里。"

通过志木下巴的示意，瑠衣看到前方天花板附近有监控正扫视着这里。

一敲门，就听到了鸟海的声音。

"请进。门是开着的。"

坐在椅子上的鸟海看到志木和瑠衣后，发出了冷笑声。

"果然是你们。"

鸟海示意二人坐在接待来客的椅子上。这是一张陈旧的沙发，给人一种一屁股坐下去弹簧就会弹出来的感觉。

坐在椅子上的鸟海伸出稻草人般细瘦的腿。

"你们来得比我预想的还早呢。"

志木发出了责问。

"你怎么知道我们什么时候会来找你？"

"你们之前不是在半藏门调查询问嘛，如果想要得到任何线索的话，核实还需要一定的时间。但没过两天就来这里，想必是你们的调查询问是白费功夫了吧。不是这样的吗？"

被他完全说中了。

与鸟海分别后，志木和瑠衣虽然在四号和五号出入口继续调查询问，但最终没有得到任何有用的信息。

"因为我觉得你们多少会想亲自收集线索，所以我预估你们会到得晚些。但我好像还高估了你们。"

"我们前来拜访您是为了请您完成约定。"

在你一言我一语中，志木将上身探到了前面。

"你事务所入口的监控能够拍到你的出入。你说过如果警察有需要的话，可以让你提交硬盘。"

"什么，难道你们还当真了？"

鸟海显然瞧不起志木。

"等我五分钟，连同录像机一起交给你们。不过，在你们还给我之前，也请给我替代品。"

"啊，我们疏忽了。我们还真的忘记准备替代品了。"

"这样一个事务所也有必要进行防盗呢。"

瑠衣重新扫视了一遍事务所。陈列橱里整齐地摆放着文件，可以看出鸟海一丝不苟的性格特质。不过，其中陈放的文件数量甚少，由此可以推断出鸟海负责的案子不多。

地板上落有薄薄一层灰。因为事务所内部的装潢非常简朴，所以灰尘并不是那么显眼。即便鸟海对待工作一丝不苟，但还是没有留意到这些细节。这里不是一个委托人愿意常来光顾的事务所。

"那我们准备好替代品后，过些日子再来拜访您。"

"真麻烦！"

"给您添麻烦了。能否顺便请教一下您？毕竟您是侦查一科的老前辈。"

"嗯。是麻生和你们说了什么吗？应该也不是什么正经话吧。"

"麻生组长说您作为刑警是相当优秀的，您的破案率在侦查一科也是出类拔萃的。如果您一直待在那里的话，也许会晋升得比麻生组长和桐岛组长他们还快。"

"他还是那个眼光不准的大叔啊。"

鸟海苦笑道。

"我怎么能胜任组长一职？"

"鸟海先生，您辞职的理由没人清楚。虽然当时的刑警部部长竭力挽留您，但是您态度坚决，没有听从他的意见。"

"我汇报了是我的个人原因。难道还有人事无巨细地汇报自己的离职理由吗？"

"普通人确实是那样的，但您并不普通。因此当时麻生组长才感到不可思议。"

"辞掉刑警职位，有那么不可思议吗？"

鸟海投来的视线仿佛可以看透别人。

"这个职位姑且算是个公务员，但和图书管理员或者市政厅职员有所不同。要看不想看的东西，感受不想感受的东西；必须观察已不成人样的尸体；要对抗嗑完药胡乱挥刀的家伙，稍微一松懈就可能变成尸体。明明是卖苦力的工作，工资却和其他公务员不相上下。志木呀，你们从未想过离职吧。"

瑠衣大吃一惊，因为鸟海是不可能知道两人先前的谈话的。而志木呢？她这么想着朝他看去，只见他露出一副被说到了痛处的表情。

"不好意思，关于您离职的事情，我本来打算用作开场白的。"

"你的开场白不是谈监控吗？"

"我们的正题是您和须贝谦治的关系。您是他朋友这回事，可以再细说一下吗？"

"你们在来之前，应该看过我留在警察署的履历，同时，你们应该也知道须贝的履历吧。"

"你们是同一所高中毕业的。"

"顺带一说，我和他初中也是同一所学校的。"

"那你们是好朋友吧？"

"我都到了想查明他被杀害的理由的地步，这足以说明了吧。同学关系什么的，搞不好比和家人相处的时间还长。相处了六年，自然会产生某种干系的。"

鸟海的话听得人似懂非懂。虽说他们二人有过六年的羁绊，但通过无数证言浮现出来的须贝形象，和坐在眼前的鸟海难以重叠在一起。他们二人并肩走过的情景真是令人难以想象。

"春原，你好像对我的解释有所不满。"

"没有的事。"

"都写在你脸上了。因为须贝是一个认真到死板的男人，因此你脑中无法浮现出我和他亲近的画面吧。"

"老实说，我确实是这么认为的。"

"我们并非一年到头都在一起。唉，那只能说是一段孽缘啊。"

鸟海没有吐露真心话。如果只是一段孽缘，他会去参加葬礼且独自调查吗？

"你想知道的只有这些吗？志木。"

"还有一件事，你的调查有什么新进展吗？"

"来问民间侦探是不是有点丢人哪。你就没有一点现役刑警的自尊吗？侦查一科的刑警都是自己去挖掘线索的。"

瑠衣看到志木紧咬着嘴唇。她懂志木的委屈，事件接连发生，破案的线索却一无所获。瑠衣也有那种拼命想要抓住救命稻草的心情。

"我会再联系您的。"

志木欠起身来，表情僵硬。不在这里久坐是他最后的虚张声势了。

瑠衣立刻说道："须贝的葬礼，你直到最后都在场吗？"

"啊，我一直待到了出殡。这是出席人的职责。"

"葬礼中，发生什么偶然事故了吗？"

"如果须贝从棺材里爬出来那就有趣了。但很遗憾，并没有这样的偶然事故。"

"我指的不是这种，好像参加葬礼的人发生了争执。"

"啊，好像确实有小纠纷来着。刚出完殡，一个五十岁左右的大叔突然出现并走向了山路会长。"

"不会是和会长互殴了吧？"

"这个人在离会长只有一步之遥时，被周围的人给制止住了，没有酿成大祸。不过那些人多少和这个家伙互殴了几下。如果那个家伙真揍了会长，也许会有好戏看呢，真是遗憾。"

"那可是你好友的葬礼。"

"须贝是一个很喜欢热闹的人，想必他也想把丧事办得热热闹闹的吧。喂，要是你们没有什么要问了的话，门就在后面。"

和鸟海的对话总是让人满腔怒火。即便走出了事务所，志木也还是一副闷闷不乐的模样。

"刚才你提到在葬礼上走向会长的男人。"

"嗯。"

"你本来在殡仪场外面，却还知道会场内发生的事情，是因为引起骚乱的那个五十岁大叔是你爸吗？"

"是的。"

"骚乱的起因是什么？你问过你爸吧？"

"他没告诉我。"

"你爸会没常识到在葬礼座席上引起骚乱？"

"从做女儿的角度来看，我爸是一个守规矩到无趣的人。"

这样呀，志木端详着瑠衣的表情。

"这么说来，你爸这样行事必定有他的理由，费点时间也无妨。关于理由，就得你本人亲自去问了。"

"你觉得这跟须贝的案子有关系吗？"

"你首先得问出原因，之后就可以判断是否和这件事有关系了。"

志木的话是对的。正因为志木说得没错，所以瑠衣才感到郁闷。如果诚也能乖乖作答，她也不至于这么费心了。

瑠衣的心里发出沉重的叹息声。

宍户在侦查总部正等候着瑠衣和志木。

"那个叫鸟海什么的，是个怎样的人？"

也许是宍户从麻生那里听到了鸟海的来历，他表现出一副兴致盎然的样子。

"幸好鸟海是个OB①。"

志木愤愤地说道。

"真有那么优秀吗？"

"如果鸟海是我的上司的话，我可没有自信做好工作。无论多么优秀的人，一旦性格乖僻，就不会有人愿意追随他的。"

"好像是的。我在麻生组长那里听说，虽然他的破案率出类拔萃，但因为协调性为零，所以在一科总是受人孤立。"

---

① OB：old boy 的缩写，在这里是已离职的'老前辈'之意。

鸟海的行为举止确实会给人一种难以接近的感觉，和孤立无援这个词还是相当搭的。

"鸟海和这起事件是有什么关系吗？"

"目前还没发现什么。因为他安装了监控，所以他对不在场证明似乎很有自信。等给了他替换的摄像头后，我立刻就将存了录像的硬盘交给了鉴定组。"

"鸟海和须贝好像是朋友吧。"

"我看了他们两个人的履历，好像没有作假。"

"他们俩是不是朋友现在不重要。问题是鸟海是受谁的委托在进行调查？"

"不是因为他们的朋友关系，所以鸟海自愿进行调查吗？"

"侦探行业并不是那么挣钱的职业。如果是优先他人的请求进行调查的话，估计会根据花费的时间和精力获取相应的报酬。"

"我去打探一下情况。"

"鸟海除了被夸赞为侦查一科的王牌外，也是一个可疑传闻没有断过的男人。你所知道的事情要逐一报告给我。不仅是鸟海的信息，关于本次事件的信息也要无一遗漏。"

瑠衣突然感觉很不适应。平日里形同虚设的窝囊废穴户，竟然罕见地下达了指令。

"还有，要从这个专案组中抽出横泽、三田还有加藤三人。"

"诶？请您等一下。"

"因为之前的多人中毒死亡事件和公交车爆炸事件的侦查人手不够了。"

"可是我们这边负责藤卷和须贝事件的人也不够了啊。在这种情况下,竟然还要少三个人。"

"这是科长的指令。你别跟我说。"

宍户的脸上有一瞬出现了厌恶的神色,这没能逃过瑠衣的眼睛。

"人手不够的情况下,怎么着也得有个先后顺序。这时,就得取决于受害者的人数和媒体的关注度了。"

"你这意思就好像在说,与山治建筑有关的案件就算变成'无头案'也无妨呢。"

"喂。"

宍户低声制止了。此举也很少见。

"不要乱说话。可能会被人听到。"

宍户的语调一反常态,就连瑠衣都注意到了。瑠衣都能注意到,那想必志木也意识到了。顷刻间,志木的脸上就露出了一副阴沉的神色。

瑠衣的心中蓦地涌起一股背叛感。这起事件也许还牵扯到了瑠衣的父亲,她怎能容忍侦查时敷衍搪塞呢?

"是哪里在施压吗?"

"小点声,你的嗓门太大了。"

"如果你不回答我的问题,我会用更大的嗓门来问。"

"你们两个人,跟我出来一下。"

志木和瑠衣跟着宍户去了其他房间。毫无疑问,在到处是人的刑警室不能说的话,必定是不利于管理层的。

终于，在另一间屋子里，椅子上的宍户板着脸开始说道："你想干吗？春原。"

"我只是想侦破山治建筑案。因为我们组是负责这桩事件的专案组。"

"这不用你来说。我并不是说叫你别侦查了，我说的是得按照优先顺序来。"

"第二个人被杀害后，明明还没过几天，就要缩减侦查组的人员，这不是疯了吗？"

"注意你的用词！"

"变成批评上级了吗？果然某处在施压。"

瑠衣目不转睛地正视着宍户。她总是被人说眼神很有压迫感。在这点上，瑠衣感觉不会输给似醒非醒的宍户。

"你竟敢这样瞪眼看我，真是无法无天了。"

"组长。"

"我要你注意说话方式，是因为我不确定这纯粹是压力呢，还是某处施加的压力。如果传言和臆测就能引起风波的话，就算是正确的观点也会给组织带来不和。"

瑠衣感觉，如果这不只是单纯的传言和臆测的话，会给组织带来更多不和。虽然她这么想，但还是保持了沉默，未说出口。

"不过，你特意把我们带到没有人的地方，不就是为了告诉我们传言和臆测吗？"

"你平时脑子不灵光，在这种地方倒是观察得很仔细嘛。"

对于宍户说的前半句，瑠衣想原话奉回。

"你们明白这只是个传言后,再好好听听。虽然发出'从专案组抽出横泽三人'这个指令的是津村科长,但是这么一桩重大事件的侦查,你们觉得津村科长能一个人专横地决定人员的安排吗?"

"那是科长的上司……刑警部部长安排的吗?"

"刑警部部长从昨天开始一直在外面没回来,莫非他一通电话给科长下达的指令。"

"那样的话……"

如果是比刑警部部长级别还高的人,自然就只有那么几个了。

"是副总监。"

"我听到的传言也就到这里了。如果警视长官和副长官被施加了压力的话,那么施加压力的就是公安委员长或者政治家了吧。换言之,不能排除山治建筑事件和政治有关的可能性。"

"这一可能性倒不是很大,对吧?"

"如果政治家真心想要介入的话,还会有更露骨的指令。"

瑠衣和志木面面相觑。宍户说的有一定道理。虽然不是瑠衣负责的事件,但是政治家给侦查施加压力的时候,立案通常会变得困难重重,不会下缩减侦查员这样的消极指令。

"传言本身就很可疑,但不要一头扎进去。即便是无风的地方也会起浪啊。我只是把上面下达的指令传达给你们而已。"

"那关于鸟海的信息要事无巨细地汇报这件事,也是上面的指令吗?"

"跟事件相关的信息都要逐一汇报。指令如上。"

宍户避开了瑠衣二人的视线，望向了天花板。

"死者在增加，侦查员在减少。即便如此，锁定嫌疑人后进行立案是刑警的职责。你们两个给我好好干！"

如果态度诚恳，这句话也许能打动人心。但如果只摆出了一副散漫的样子，听起来就像在撒谎一样。从刚才开始就一直在怄气的志木用一种责备的眼神看着上司宍户。

"但是组长，事到如今，人员减少的话，剩下的人的负担就会加重。仅靠'精神论'①的话，人力资源是不会提高的。"

"我们很合得来啊，在'精神论'上怀疑这点我们是一样的。但是，日本人一旦到了紧要关头，大部分人能靠'精神论'勇往直前。因此，有时也会得到好的结果。"

这年头，体育老师都不会说出这样的话了。警视厅的侦查一科从什么时候连脑子都变成肌肉了？志木用落寞的眼神凝视着宍户。

"知道了，我会努力的。不过，我和春原的体能和精力都是有限的，请您允许我们适当地休息一下。"

面对让人干劲全无的指令，二人的回答也是无精打采的。这就是志木的态度，并不值得表扬。虽然瑠衣不喜欢精神论，但看到这种自甘堕落的敷衍，心里就来气。

一从宍户身边离开，志木就又望向了天花板。

---

① 精神论：精神至上论，强调人的精神世界、价值观和信仰的重要性。

"春原，你知道最差劲的上司是什么样的吗？"

"我大概能猜到。"

"无能的上司还好一些。因为下属想要去填补那个部分的话，也能做出相应的成果。最差劲的就是放弃自身责任的上司，上司不去承担的责任也不让下属来承担。谁都不承担责任的组织，能够做好一份正经的工作吗？"

"我们也是这么一个组织吗？"

"我只是发发牢骚，你不要当真。"

志木轻轻地摆了摆手，好像在说"忘了吧"。

"我们没必要承担责任。反过来想的话，我们按自己的喜好去行动就好。"

志木的身上有许多粗枝大叶的地方，但是他这样的解释很能博得别人的好感。两个人的组合能够一直持续下来，也多亏了这个原因。

"是的呢。"

瑠衣点了点头表示同意。不管是外部施加的压力，还是有这么一个不负责任的上司，只要去做自己能够接受的侦查就好了。

但是，士气虽然上涨了，少了三个侦查员的损失还是比预想的要大。半藏门地铁站附近的调查询问还看不到结束的迹象，即便进入了七月，也没有发现可以将这两个事件明确联系起来的信息。

鉴定科的工作也没有取得明显的进展。因为之前发生的多人中毒死亡事件和公交车爆炸事件中留下了大量遗物，再加上那边的分析工作忙得不可开交。虽然去责备鉴定科是不合情理的，但是每天进行虚无缥缈的侦查工作，瑠衣仍不自觉地就想发发牢骚。

如果人手不足是要靠自身体力去弥补的话，那么劳累过度也是理所当然的。炫耀自己年轻的瑠衣，先失去了精气神。"多亏了"这件事，瑠衣即便回到了家里，疲劳也未减半分。

"你回到家，就躺沙发上摆这么一个大字吗？"

先回到家的诚也用一贯的语气嘟囔道。如果之后再说一句"这样还算是个年轻姑娘吗？"两个人就会拌嘴，氛围就会截然不同。不过在这些日子里，因为诚也的话变少了，所以二人无伤大雅的拌嘴也明显减少了。

换个角度来看，诚也有可能是在刻意避开交流。瑠衣知道诚也为什么难以启齿了——是因为他在须贝葬礼上发生的暴力事件。但因为对方恰巧是会长身份，所以这是不同寻常的事件。诚也不可能轻易地敞开心扉来倾吐其中的隐情，所以瑠衣只能一直等到诚也愿意开口为止。

但是，因为今天瑠衣很累，她的自制力也下降了。

"我即便没到三十岁也很累。组里减员后，每个人身上都增加了很多工作。工作增多了，侦查却迟迟没有进展。虽然疑似有人在阻挠些什么，但是上司认定这与我们无关，真是差劲。还有，爸你又没和我说须贝的葬礼上和大人物起冲突的原因。"

说着说着，瑠衣意识到自己说漏嘴了。

"啊，嗯……那个……"

"瑠衣，听你这语气，好像是知道了我在须贝葬礼上揍了人。"

"爸，你为什么要做那样的事？你面对的可是会长啊。"

"我只是想和会长说话，我完全没有想过要把那个人怎样。"

"那你是打算说什么呢？"

诚也没有回答这个问题，而是慢慢地转过身。

"瑠衣，你快点去洗澡吧。"

"爸，你等一下。"

"睡一觉后，大部分疲劳都会消失。年轻人都是这样的。"

诚也话都还没说完，就走进了卧室。瑠衣想再一次喊住对方时，已经来不及了。

老是这个样子。瑠衣刚想要追问就被对方顺溜地逃掉了。可是瑠衣希望别人不要进入的领域，别人总是擅自闯入。看起来有点苛刻，但某些地方允许妈妈进来，却不允许父亲闯入。这些微妙之处，诚也又体会到了多少呢？

瑠衣走出浴室，从冰箱里取出冰啤酒一饮而尽。虽然只是廉价的睡前酒，但对像今天这样疲惫的夜晚来说，见效很快。

瑠衣深深地吐了一口气后，感到些许内疚。她还没到三十岁就跟老爸一样了。难怪，再这样的话就无法反驳诚也了。

瑠衣不断回味着和父亲的对话。

应该和父亲多说些话的，毕竟是在同一屋檐下生活的父女俩。慢慢来就好，有分歧或意见相左时，可以待二人互相确认对方想法后再贴近彼此。

慢慢来就好。

即便不是今晚也无妨，无须着急。因为自己和父亲相处的时间还有很多。

酒劲儿开始慢慢上来了，瑠衣拖着身体往床那边走去。

4

七月二日下午一点半，瑠衣正在半藏门地铁站进行调查询问，突然一个电话打了进来。因为手机有来电提醒，瑠衣确认了一下，发现是陌生号码。

"喂，您好！"

"请问是春原瑠衣吗？"

"是的，请问您是哪位？"

"我介绍晚了。我是春原的下属宫胁。"

瑠衣准备客套地说谢谢对方对父亲的关照时，突然意识到事有蹊跷。

"请您冷静地听我说，您父亲遭遇了事故。"

事故！

"您父亲在工作途中，被钢架砸了……就在刚刚，您父亲被送去了最近的医院。"

一瞬间，瑠衣的大脑一片空白。

"喂，喂。"

"我在听。"

"我告诉您医院的名字。您带笔记本了吗?"

瑠衣的手机随时可以录音。但是,现在没有开录音的必要了。因为宫胁说的医院名字已经刻进了瑠衣的记忆中枢。

"我暂时离开一下。"

瑠衣告诉了一同来的志木,自己父亲遭遇了事故的大概情况。听完她的话志木的脸色都变了。

"我来报告给组长。你不用管这边,快去医院吧。"

瑠衣鞠了一躬后,疾速奔跑起来。

每跑一步,瑠衣都感觉心跳在加速。

爸!

因为不能乘坐警车,瑠衣想在马路边拦下一辆出租车。但是,偏偏这个时候,死活都没看到一辆出租车的影子。

快点!

快点!

爸!

爸!

瑠衣感觉一秒像是十秒,一分钟像是一小时。好不容易看到了出租车,瑠衣将半个身子探到路中,用力地挥手。

"巢鸭的医院。请开快点。"

瑠衣的声音出奇地冷静。明明此时的她慌乱不已,说话却一如往常。她再次认识到精神和肉体是截然不同的两种东西。

"我爸……被抬进了那家医院。"

瑠衣的话让司机瞪大了双眼。

"那只能加速开了,请您系好安全带。"

司机踩油门的动作有点粗暴。这时,瑠衣的脑海中闪出了不合时宜的疑问。是告诉司机自己是警察比较好,还是不说比较好?

来到医院咨询台,瑠衣说完父亲的名字后,咨询处工作人员告知了她重症监护室的位置。瑠衣深知在医院走廊上奔跑是不明智的,但她还是不由自主地加快了脚步。光是按捺住急不可耐的心情就费了好大劲儿。

来到父亲的病房前,瑠衣看到三个男人站在那里。

"您是监督的女儿吗?我是刚刚联系您的宫胁。"

另外两人是巢鸭地区的警察。瑠衣表明身份后,两位警察也很震惊。不过,事到如今都无所谓了。

"我爸怎么样了?"

瑠衣这么一问,三个人不自然地移开了视线。

顾不了那么多规矩了,瑠衣走向了宫胁。

"您父亲现在在手术中……"

"我知道,灯牌上写了。我希望你告诉我事故发生时的情况。"

"这是一起本不该发生的意外事故。不知道是运送钢架的绳索松了,还是钢架失去了平衡,直接砸到了监督头上。"

被钢架直接砸到的人会是什么样子,不用说她也能明白。

突然,瑠衣感觉自己一阵眩晕。

"春原小姐。"

一个警察接住了瑠衣无法站稳的身体。

"我没事,我没事。"

"请您先坐下来吧。"

瑠衣听话地坐到了走廊边缘的长椅上。宫胁和两位警察体贴地坐到了离她稍远的地方。

过了一小时左右,显示"手术中"的灯牌消失了,从重症监护室走出来一位医生。

"您是病人家属吗?"

看到医生表情的瞬间,恐惧感和绝望感遍布了瑠衣的全身。

诚也死了。

医生宣告诚也死亡后的数小时内发生了什么,瑠衣都不太记得了。因为头顶凹陷了下去,所以诚也面目全非。如果不看脖子以下的部分,也许会误以为这是别人。

瑠衣凝视着父亲那即便是恭维都无法说是安详的遗容,感到无所适从。她的大脑无法处理眼前的情景。即便父亲的尸体就在面前,瑠衣却依然有种不真实感,甚至有种被逼着去演三流剧本的感觉。

医生称,诚也被送到医院时心肺功能已经停止了。如果是因为头顶凹陷而引起的脑损伤,那当场死亡确实在情理之中。

恐怕诚也去世时都没来得及感受疼痛。

或者这是医生出于抚慰瑠衣而说出来的话,当场死亡这唯一的慰藉让瑠衣更为揪心。

突然,瑠衣很想去触摸诚也的脸。在碰到诚也的脸的瞬间,瑠衣妄想父亲能够睁开双眼。

瑠衣用双手围着父亲的脸颊。突然,她的手"啪"地弹开了。

感觉就像在摸冰块。

似乎是要弥补手掌的冰凉,瑠衣的眼角变得滚烫。转瞬间,瑠衣的眼泪溢了出来。

紧接着,瑠衣的眼泪宛如决堤般喷涌而出。体内的水分是全部变成了眼泪吗?瑠衣呜咽起来。肺部的空气是全部变成了哭声吗?

等回过神来,瑠衣已经一整夜未合眼地挨到了天亮。

瑠衣在医院一楼的法医解剖室办完遗体交接手续时,志木来了。

"喂。"

志木在说完这句话后一直没再开口。看到瑠衣的脸后,他犹豫了。至于理由稍微想想就知道了。自己不再是眼泡哭得又红又肿的模样了吧。

"我没事,稍微冷静了一点。"

"这样呀。"

志木似乎是在搜刮着词语。

"春原,组长要我传话说,'按照规定,丧假是七天'。"

"请代我说一声,等办完父亲的葬礼后,我就回到现场去。"

"很难得的假期,你还是休满七天吧。"

从昨晚到今天早晨,瑠衣都在尽情地哭着。心情姑且不论,至少是可以见人的。

一天过后，除开悲伤的情绪外，瑠衣也萌生了其他感受，她不能这七天都以泪洗面下去。

"我的父亲是第三个死的人了。"

志木似乎懂得了瑠衣想说什么，他微微点了点头。

"这是山治建筑公司接连死去的第三人。作案手法都一样，极像意外事故的凶杀案。"

"啊。"

"毫无疑问，这一系列事件都与山治建筑有关。动机和作案人都是。"

"啊。"

志木有气无力地回应道。

"等我爸的葬礼一结束，我们立刻再去一趟山治建筑的总部吧。那个叫作妻池的秘书，我非常怀疑他隐瞒着什么。"

"明白了。不过，当下你还是先陪你爸爸吧。处理葬礼流程和提交文件到区役所这些事都很麻烦。"

"谢谢关心。"

传达了基本事项后，志木就匆忙赶了回去。即便作为刑警，已对死亡习以为常，但遇到像今天这样的罕见事故，志木还是不知道该如何应对。

诚也遗体的解剖在上午结束了。他的死因果然是头盖骨凹陷引起的脑损伤，没有其他外伤。瑠衣要带着尸体检查报告，去区役所提交死亡证明。同时，她也要去申请火葬许可证。工作人员的例行公事反倒帮了瑠衣大忙。如果他们露出担忧的神情，瑠衣麻木了的感情似乎会再次死灰复燃。

　　瑠衣将操办葬礼的事情全权交给了殡葬公司。不愧是有经验的殡葬业，工作人员没有给瑠衣任何沉浸在悲伤里的空闲，这样那样地吩咐着。葬礼的请帖、回礼、印章、遗像和家纹的准备、葬礼仪式的流程，以及遗体安放事宜的沟通等，一刻都没有停歇过。

　　从法医解剖室推回来的诚也，头部已经修复好了许多。虽然恢复不到生前的模样，但还是恢复到了出席葬礼的人看到也不会觉得害怕的程度。生前就表情严肃的诚也，会原谅这一点吗？

　　因为瑠衣选的"一日葬"[①]，所以守夜由瑠衣一人来完成。和葬礼公司的沟通已经结束了，瑠衣再次迎来了只有诚也和自己两个人的夜晚。

　　看到穿着寿衣的诚也，瑠衣感到一股悔意袭来。

　　不应该慢慢来的。

　　那天晚上就应该把要说的都说出来，因为和诚也相处的时间在那时就所剩无几了。自己的判断出错了。

　　"爸！

　　"对不起！

　　"我们总是这样错过。"

　　本以为拧干了身体都拧不出的泪水，又夺眶而出了。"老天

---

① 一日葬：一日内只举行告别式和火葬，没有守夜仪式的葬礼形式。

爷,快放过我吧。"瑠衣似乎有了脱水症状。

不过,这和在医院待的那天晚上有一点不同。

凶手可憎!可憎至极!

据宫胁的话称,那个工作环境是不会发生钢梁掉落的情况的。他也说,如果有掉落事故的话,那只能是人为的原因。

这不是事故。显而易见,诚也是遭人杀害了。

虽然目前犯人和动机都尚不明确,但是不论什么理由,瑠衣都不能原谅。犯人不仅夺走了诚也的生命,也夺去了父女之间无可取代的生活。这种罪犯真该千刀万剐。

幸好自己受命为警察,和普通人还是有区别的。警察不仅被赋予了侦查权,还能给犯人戴上手铐,也被允许携带枪支。

现在这个时间,犯人也许在睡觉吧。如果是那样的话,最好是胆战心惊地睡着。我会让你睡不安稳的。

哀痛的情绪与憎恶的情绪交织着,瑠衣整夜都未合眼。

第二天,葬礼顺利地举行了。参加者逾百人,因为瑠衣的工作,宍户他们也到场了,不过来的大部分是山治建筑的相关人员。

诚也的葬礼上并未发生像须贝葬礼上那样的突发事件,葬礼在一片肃穆的气氛下举行着。尽管每每想放声大哭,可会场上满满当当的山治建筑职员的身姿,抑制住了她的感情。

不久后,到了葬礼悼词的环节,山治建筑会长山路领平站到了麦克风前。

"在藤卷、须贝之后,这次土木科的春原先生又遭遇不测,命丧黄泉。我只能说,万分遗憾。"

山路的声音带着哽咽,他继续说着悼词。

"回想起来,我们公司是在'日本列岛改造论'^①后与建筑浪潮一同发展起来的,春原负责指挥诸多施工现场,小到普通住宅,大到大坝建设,他完成了所有的建筑物建设。春原不愧为山治建筑公司必不可少的人。"

即便是哀悼死者的场所,也没有不为因父亲受到夸奖而不感到骄傲的孩子。瑠衣估计之后就会谈到死者的人品及逸事。

但是,瑠衣的预想落空了。

"不论接到多么难搞的订单,都能听到大家说'只要春原在现场,就不用担心'。这是其他人都难以替代的存在。"

瑠衣感觉被人浇了一盆冷水。"是其他人都难以代替的存在"这句话他不是也用来夸过藤卷吗?

"我们深知失去春原将带来难以弥补的损失,但是我们公司必会继承春原先生的遗志。我们必须继续提供贸易场所和生活空间。我们还在路上,也会有心里没底的时候。春原,请一定要守护我们山治建筑。我们所有员工会为了你的心愿,齐心协力地继续前进。山治建筑代表董事会长山路领平致上。"

说完悼词的山路仿佛迷醉在自己的致辞中,脸色通红。

而瑠衣与山路截然相反,脸色一片惨白。尽管山路的腔调颇为动人,但是他说的内容都是固定的模式,只要换一个名字,就

---

① 日本列岛改造论:1972年6月,田中角荣正式提出了"日本列岛改造"构想,由此引申出日本列岛改造论。

可以反复套用。

诚也深爱着山治建筑公司。但是,山治建筑爱诚也吗?

答案就在山路的悼词里。

对于山治建筑而言,春原诚也都没重要到为他重新写一份悼词的程度,只是一个可以随意更换的零件罢了。

瑠衣心中燃起一股熊熊怒火,双眼一片通红。

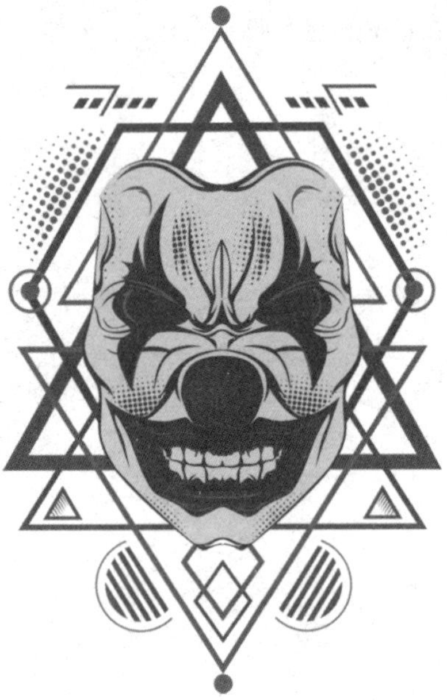

第三章
爱别离苦

1

从火葬场回来的瑠衣，将装有骨灰盒的箱子暂时搬到了客厅。

瑠衣初次知道了骨灰盒有两寸、三寸、四寸、五寸、六寸、七寸、八寸等尺寸，两到四寸用来分葬遗骨，可随身供奉，五到七寸用来安放骨灰，八寸用来装多份骨灰。瑠衣选的五寸骨灰盒，这个大小即便抱在胸前也没有不协调感。

瑠衣将遗骨安放在东京都内的骨灰堂，未留在身边。母亲去世时，瑠衣也只留了遗像。

只要不忘记已死之人，那就行了。

这是诚也生前就挂在嘴边的话，瑠衣决定听从。

五寸的骨灰盒比标示的尺寸看起来更小。瑠衣看惯了父亲的大块头，对比之下，这骨灰盒看起来更小了。

在瑠衣幼年时，如果不拼命往上看，都看不到父亲的脸。父亲宽阔的肩膀显得他整个人威严满满。

而如今，诚也被装在这么一个小小的骨灰盒里，真是不可思议。在只有瑠衣一个人的守灵夜里，她尽情地哭着。

诚也被送进火葬炉的前一秒，瑠衣看了他最后一眼。瑠衣捡起了平板车上烧尽后的诚也遗骨。尽管瑠衣早已认识到父亲去世的事实,但心里的某个角落依然不想承认。

理由显而易见,因为尚不清楚诚也必须被杀害的理由和作案人。因为不清楚,所以悲伤和愤怒都无处发泄。因为无处发泄,痛苦盘踞在瑠衣内心深处啃噬着她的身心。如此这般下去,瑠衣将再也不复曾经的自己了。无论过去多久,她的内心都会受到罪恶感的折磨,为莫名其妙的阴影而发怵。

"看吧,爸!我一定会将犯人绳之以法。"

瑠衣不觉得父亲是怀着平和的心情离世的。抓住犯人,不仅仅是为了复仇,也是瑠衣找回曾经的自己的必经阶段。如果没有闯过这一阶段,那之后她将再也无法前进。

处理完骨灰后,瑠衣去上班了。

"我不是说了丧假有七天吗?"

志木在刑警办公室见到瑠衣的瞬间,惊讶地说道。

"刑警这份工作平时都没法好好休息。这种时候,完全可以拿来好好休息。"

"我已经休息够了。"

"我说的不只是你身体方面,我问的是你心情方面是否收拾好了。"

"这话和你不搭啊,志木。"

明明不想虚张声势,但是瑠衣的话语中还是带着火药味。

"如果我一直这么消沉的话,会被父亲骂的。"

"如果你这么硬撑,困扰的可是我们了。"

"先不管这个,会场外有举止可疑的出席者吗?"

诚也去世的冲击大大削弱了瑠衣的判断力,但以宍户为首的专案组依然在冷静地推进着工作,做着瑠衣之前监视葬礼出席者的工作。

会场内也一样。丧主瑠衣很难冷静地去观察,因此,志木他们混在参加者当中观察着。只要有稍稍觉得可疑的人,就会跟在对方背后。

但是,志木的回答让瑠衣的期待落空了。

"一个都没有。瑠衣你坐在能环顾所有人行为的位置上,就没看到举止怪异的吊客吗?——即便你当时有些神情恍惚。"

"没有。"

"那就是了。不论是坐在特等席的你,还是在会场内晃悠的我们,都没有发现举止可疑的人。本来参加葬礼的几乎都是山治建筑的人,身份从最开始就知道了。"

虽说隐隐约约地猜到对方会这么说,但被正式告知时,还是会心灰意冷。面对父亲葬礼这唯一一次机会,他们却一无所获,真是遗憾至极。

"你重归职场了?"

瑠衣身后传来令人腻烦的声音,转身一看,是宍户站在身后。

"既然规定是休息一周的话,那你就得休息一周!你现在不休息,其他人以后遇到同样的情况也不好意思休息了。"

"规定的假期我想怎么用就怎么用,这是我的个人自由。"

说完这话瑠衣就后悔了。明明以前从未对上司如此气势汹汹，但是自从诚也离世后，瑠衣的自制力就下降了。

"……抱歉，我说得太过了。"

"我完全没打算和你争辩休假规定，我只是在传达指令。"

"是关于案件吗？"

"春原，你被调离山治建设案侦查组了。"

瑠衣听完感到不可置信。

"为什么？"

"为什么，你把别的规定也忘了吗？这次的受害者是你父亲。不能让受害人的亲属参加侦破工作，这是理所当然的。"

宍户言毕，瑠衣的脸就发烫起来。激动之下，她连最基本的事情都忘记了。

片刻的犹豫过后，瑠衣从正面盯着宍户的脸。

"组长，这次能作为特例予以批准吗？"

"虽说万事都有特例……"

宍户惊讶到了极点，眼神中带着责备。

"那理由呢？你是想讨伐你父亲的敌人？还是想把自己负责到一半的事情坚持到最后？"

这两种理由都对。但因为宍户的说话方式过于直白，所以瑠衣无法老老实实地接受。当然，宍户一定考虑到了这一点。

"总的来说，你的理由极度个人，不应作为特例批准。"

"少了我一个，空缺的位置你们打算怎么办？专职侦查员不是越来越少了吗？"

"这个不用你担心。之后会让你和横泽换一下，将横泽再调回这里。这样的话就能维持现状了。没有什么问题。"

"我不接受。"

虽然瑠衣克制住了语调，但是声音出乎意料地变高了。

"最了解春原诚也的人是我。如果把我从侦查名单中拿掉，对于你们是一个不利的因素。"

"你现在还没法客观地看待事物，所以无法继续作为专案组的一员。你觉得，能让一个掺杂着个人感情的刑警去现场吗？"

"但是……"

"第一距离过近，会怀疑家人信息是不是背离现实。这点，你至少是明白的。当下的你看不到自我。"

虽然宍户被下属吐槽是一个形同虚设的窝囊废，但他毕竟是组长，对于下属的优缺点，他一清二楚。他看穿了瑠衣是一旦和她讲理，就无法反抗的性格。

"拜托了。"

"不行。"

"组长！"

"不管你怎么拜托我，专门负责侦查员部署的人是津村科长，我不是你要找的人。不过，就算你和科长直接面谈，他也不会理会你的。"

虽然瑠衣很不甘心，但是宍户说的也没错。掌管一科的津村是一个教条主义者，他不允许任何脱离教条的行为。虽然警察也是公务员，但是比起警察，他更适合去从政。他不会理会瑠衣的请求。

"瑠衣，你好像误会了，我再叮嘱一次。将你从侦查名单中除去的目的不是削弱专案组的能力。恰恰相反，这样做是为了摒弃私人感情这种杂质，尽早抓到犯人。不要忘记这点。"

如果这时宍户来拍瑠衣的肩膀，那瑠衣一定会狠狠地将其推开。但是宍户连一根手指头都没有伸过来。

"关于多人中毒死亡事件和公交车爆炸事件，你去熟悉下资料，看看侦查的进展如何。看完后如果你还有什么不懂的，就去问问桐岛组的人。如果去问葛城的话，他会热心细致地告诉你的。"

说完这番话后，宍户就转身离去了，完全不在意瑠衣想法的样子。

"就是这么回事。"

志木这么说也许是为了劝慰瑠衣，但是这话语中未见一丝体贴。

"你是知道的吧。我从专案组调离这件事。"

"我只知道，你忘记了规定。你是不是气昏头了。组长的说话方式虽然令人愤怒，但说的都有道理。"

"就是因为太有道理，听起来只像是场面话。"

"在大家面前只能说说场面话吧。瞧。"

志木指着房间中间。顺势望去，瑠衣看到了宫藤和葛城的身影。志木吩咐瑠衣火速去打听一下对面的侦查情况。

"你父亲遇到了这么倒霉的事。或许你有自己的想法，但还是要服从命令。这是上司的命令。"

"志木，你是继续负责建筑相关的事件吧。如果是的话，你能逐一告诉我你那边的进展情况吗？"

"你去读侦查资料就知道了。"

"我想知道当下的进展情况。"

志木有点不情愿地皱了皱眉,但还是没有拒绝瑠衣的请求。

瑠衣回到了自己的座位上,点开了多人中毒死亡事件和公交车爆炸事件的侦查资料与相关数据。但是,即便眼睛盯着文字,瑠衣的大脑也无法处理这些信息。

在侦查一科,看穿嫌疑人的谎言和神不知鬼不觉地尾随犯人这样有一技之长的刑警不在少数,但是葛城身上最厉害的地方在于他长了一张让人全然感觉不到对方是个刑警的脸。葛城这么老实的长相,如果改行,似乎会更成功。瑠衣一打听侦查情况,葛城就不厌其烦地说了起来。

"打扰了,葛城。占用你的时间了。"

"没关系。春原,你是因为之前的丧假休息了一阵。这边的案件再过段时间会有很大的突破。"

"已经锁定嫌疑人了吗?"

"是的。之后只要收集物证,再追踪本人就行了。因此,刑侦部部长考虑用人海战术抓捕。"

如果是要去追捕锁定嫌疑人的话,多投入些警力确实比较好。而且,由于一直没有找到突破点,山治建筑案还没断定是连环杀人,就算动员侦查员也是无济于事。在高效发挥有限人力这种观点上,不得不说一科科长的判断是稳妥的。

"你父亲太惨了。"

葛城憨厚地垂下了头。

"没……谢谢你的关心。"

"你没用完休假规定的天数吧。"

"我被宍户组长骂了。他说我没有给其他人做好表率，要我好好休息。"

"如果我是你的话，我也会这么做的。我说真的。"

瑠衣惊讶地看着葛城。

长得不像刑警的好人葛城用一种担忧的眼神望着瑠衣。

"我理解你的心情。"

"你是在同情我吗？"

"因为我的至亲没有被人杀害过，所以我的同情是一种僭越吧。不过，我能想象到春原你的不甘。"

瑠衣看着葛城的眼睛，明白这并不是虚情假意。

"那么你也理解我被调离山治建筑案的心情吧？"

这种连自己都觉得刺耳的提问，瑠衣还是忍不住开口问了。

"我完全能够理解你想要亲手抓住犯人的这种心情。但身为集体中的一员，就只能遵守上面的决定。"

"说到底，你和宍户组长都是一样的。"

"抱歉。"

葛城露出一副很受伤的模样。

看到这个情景，瑠衣非常厌恶自己。她一心为了找到凶手好为父亲报仇而回到了总部，结果遭到上司和同事的责备，说自己怀有私怨，自己还对着身边人说一些尖酸刻薄的话。真是很不像话。

"哪里？是我说了不该说的话。"

就连葛城这样毫无恶意的人都会觉得不快，瑠衣深感自己有多差劲。

和葛城他们会合后,瑠衣和他们一起继续在富士见帝国大酒店周围进行调查询问,同时瑠衣也在确认山治建筑案的进展情况。虽然大部分是从志木那里打探来的消息,虽然志木脸上露出不悦的神情,但还是将自己知道的情况无一遗漏地告诉了瑠衣。

据称,砸在诚也头上的钢架有三吨重。虽然诚也佩戴了用来防高处掉落物的FRP[①]头盔,这种头盔曾经是军用产品,性能优良。但是无论是多么坚硬的头盔,在三吨的重量面前,还是脆弱得如同纸制的工艺品。事实上,诚也的头盖骨完全凹陷了进去。

"用吊车运送钢架的是一个叫作楠木的工作人员。据说他非常谨慎,用了四个吊眼。"

"吊眼是什么?"

"这就是你父亲的专业领域了。"

"虽说我是他女儿,但是我不知道的太多了。"

"简言之,就是将钢丝绳通过起重机的钩子插入绳眼。钢丝绳有一根的、两根的、四根的……很多种。事故发生时,是吊着四根钢丝绳。"

"也就是说,是用四根钢丝绳固定的钢架。"

"这好像是最标准也最安全的安装方法。但是,即便如此,钢架还是掉落了。而且中间还铺了承托掉落物的防护板,但是钢架偏偏穿过了防护板被撤掉的部分。也就是说,同时发生了两个

---

① FRP:纤维增强复合材料,英文全称 Fiber Reinforced Polymer / Plastics。

'意外'。"

"那原因究竟是什么呢？"

"这个还在调查中。不过，按现状来看，钢丝绳没有断开的痕迹，也并非起重机吊钩因金属疲劳①无法承重而自行脱落所致。"

"你找了该项目的负责人进行调查询问吗？"

"还没有。"

"为什么？"

"因为工作主任——也就是你的父亲，已经无法回答了。"

"我听说过现场负责人，但还有'工作主任'这个职位？"

"工作主任是根据劳动安全卫生法规定选出来的资格人。厚生劳动省②是这么定义的：'根据法令，对于有一定危险性的工作，需义务进行防止劳动灾害、职业疾病方面的管理。从都道府县劳动局长处领取执照，或者是修完都道府县劳动局长或者都道府县局长所指定的技能导师中，由企业主选定的作业指挥人员。'不仅如此，你父亲还拿了重型设备资格证等多个资格证。施工现场的人都称他为资格证收集者。"

这都是瑠衣不知道的事实。公司业绩自不用说，一位从不吹嘘自己的父亲拿到了多个资格证这件事，身为女儿的瑠衣更是无

---

① 金属疲劳：指材料、零构件在循环应力或循环应变作用下，在一处或几处逐渐产生局部永久性的累积损伤，经一定循环次数后产生裂纹或突然发生完全断裂的过程。

② 厚生劳动省：简称厚劳省，是日本中央省厅之一，相当于福利部、卫生部及劳动部的综合体。

从得知。

"据工作人员的证言称,在劳动安全卫生规则以及起重机等安全规则上,他们都不承认这是疏忽和违法行为。硬要说的话,工作人员遵守了工作指南后发生的事故,其责任会归结到工作主任身上。也就是说,最终结论是你父亲的死,责任都归结于他自己。"

"太离谱了。"

"我也觉得离谱,只要找不到钢架掉落的其他原因,那大概率就会变成这样——一场纯粹由受害者引起的事故。"

听着听着,瑠衣的呼吸都快要停止了。

说责任在诚也身上,还说是他自己引起的。

别开玩笑了。

"这绝对不是事故。"

"山治建筑这家公司已经发生三起同样的事故了。连续发生两次可能是偶然,但是连续三次的话,那就绝对是必然。只要是刑警,无论是谁都不会认为你父亲是死于过失事故。但侦查是讲究物证的,如果一直都没有明显物证的话,那么侦查会以非刑事案件来处理。"

"还是要拜托科长让我回去。"

瑠衣正要欠身起来,就被志木用手制止了。

"春原,你就那么不相信我们组的人吗?"

"我可没这么说。"

"差不多是这个意思嘛。不管你加进来还是不加进来,宍户组的工作内容都不会有任何变化。如果不是刑事案件,我们也会从事故层面来进行侦查。如果认定是刑事案件，我们则会进行彻底侦查。"

面对志木这毅然决然的语气，瑠衣无法反驳。虽然瑠衣一心想为父亲报仇，但是宍户他们解决事件的目的是抓捕犯人和维护治安。终归到底，私人恩怨是战胜不了公共利益的。

"听说鉴定科那边也在努力进行分析工作。因为那些家伙也不相信山治建筑去世的三人都是意外事故。春原，你不会不知道鉴定科有多优秀吧。"

迄今为止，鉴定科都发挥了巨大的作用。非但如此，如果没有鉴定科的报告，有些事件寸步难行。

如今，他们的工作成绩和能力更是不容置疑。

"你现在只需静静观望事情的进展。我之前也说了，你现在已经是场外观众了。"

场外观众也可以在旁边喝倒彩的。瑠衣想到了反驳的话语，但是未说出口。

瑠衣想说的太多。但是就算告诉了志木，发了牢骚，也不会对侦查有什么帮助。瑠衣能说出来的话语其实寥寥无几。

"那就拜托了。"

"哦。"

志木的回复让人感觉不到一丁点热情。不过志木本身就是一个与强打精神来虚张声势无关的人，这反倒更让人信任。瑠衣鞠了一躬，回到了自己的位置上。

办理犯罪案件的必要环节是取得物证，而物证之少从最初就是一个不安因素。甚至，目击证言之少对于侦查进展而言也是一个不利因素。

因为建筑施工现场的四面都围上了防尘网，所以从马路上无法窥探到里面的情况。在里面的工作人员都埋头于分配给自己的工作。只要未发生任何突发事件，都不会有目击者。事实上，大家的视线聚集的是掉下的钢架砸到诚也的瞬间或者是砸到之后的瞬间。

最近人工智能被引入建筑机械中，用来逐一记录由电脑控制的重型机的工作状态。虽然鉴定科对出问题的起重机的工作记录进行了分析，但是没有找到不对劲的地方。

随着侦查的推进，钢架掉落是事故的可能性越来越高了。瑠衣只能在一旁看着，无能为力。

整体流程被确定下来是在七月下旬。瑠衣正在制作侦查报告书时，宍户过来打了招呼。

"你现在方便吗？"

瑠衣凭着直觉，知道接下来是要谈关于父亲的事情。

"瑠衣，你跟我来一趟。"

瑠衣按照命令离开座位。宍户让瑠衣跟在身后。毫无疑问，他要说的话并不想让屋里的其他人听到。

走到了其他楼层的一处房间后，宍户突然开口了。

"钢架掉落被判断为是与刑事无关的意外事件了。"

这是瑠衣许久前就担忧的事。当被正式告知时，瑠衣心中憋着的怒火再度燃起。

"山治建筑案明明发生三起了，我们依然是当作事故在处理吗？"

"我知道即便是偶然，连续发生三起也太多了。但是没有物证，重型机没有被人动过手脚的痕迹，也没有人憎恨受害者。因此推导出的结论只能是意外死亡。"

怎么能忍受父亲的死被处理为事故呢？

"施工现场就没有人提出疑问吗？"

"施工现场发生事故是常有的事儿——尽管这么说不太妥当。当然，工作人员毫无懈怠地进行了仔细检查，但是大家终归是人，也会发生预料之外的错误。在其他工作中可以犯的小错误，到了重型机和危险资材就会导致大事故。无论多么小心谨慎，事故还是无可避免。可问题在于这是足够上新闻的事故，却还是按疏忽过失就草草了结。"

"我不接受。"

"遇难者家属都会这么说。但在这个办公楼内，你是搜查一科的刑警，是我的下属。你必须接受。"

和宍户说出的话相反，宍户并未用一种以权压人的语气。不过，他也不是安抚的语气。硬要说的话，这听起来像是例行公事似的传达。宍户也在用他的方式尽量照顾自己了。

"这个案子也像多人中毒事件那样，有外部在施压吗？"

"不知道。"

余音中带着些许愤怒。

"我这次没有听到任何传言。"

只是说没有听到，但是不能否定压力存在的可能性。怀疑是没完没了的,但是只要宍户不回答,就无法辨别真假。

"总之,你不要再执着于钢架掉落那件事了。话就说到这里,你回房间吧。"

瑠衣忍住了想要抡起拳头的冲动,走出了房间。即便是走在走廊上,瑠衣心中涌起的愤怒和击溃内心的失望让自己的视野都变得狭窄了。

一旦侦查总部断定这不是一起犯罪事件,那么如果不找出山治建筑之前的两起意外事故的关联性,就再无重启侦查的可能。在现有体制下,很难想象事态会急转直下,诚也之死将成为未解之谜。

没有什么办法了吗?

瑠衣即便想要思考,但由于情绪过于亢奋,完全无法集中精力思考。

即便回到自己的座位上,瑠衣也完全无法工作。

2

次日,瑠衣不用上班,但她一如平素地睁开了双眼。

瑠衣穿着睡衣走向厨房,却再也嗅不到溢着香气的培根鸡蛋了。

瑠衣将一个鸡蛋打在小容器里,也许是还不熟练,她的手指上沾上了蛋清。瑠衣用嘴舔干净后,往平底锅里放了培根,开了中火。诚也经常说"开小一点的中火",但瑠衣完全把握不准这个火候。瑠衣一边用纸巾擦掉培根溢出的多余油脂,一边烤了一两分钟。当培根的底面稍微带点焦色后,瑠衣将其翻面,再将鸡蛋轻轻地放在上面,开小火烤三分钟。虽然如此,煎成自己喜欢的半熟程度还是很难。瑠衣连续做了三天,但和诚也做的培根相比,还是相差甚远。就像今天这样,培根烤过头了导致底面焦黄,蛋黄都发硬了。

究竟要挑战多少回,才能重现诚也做出的味道。不,也许再也复制不出那样的味道了。味道并不取决于食材、分量和烹饪方法。正因为是诚也做的,才能有那样的培根鸡蛋。

不好,一想起诚也又要哭了。今天的盐已经放多了,再添加咸味,是想干吗?

桌子上没有了抱怨自己的人,瑠衣形单影只地咀嚼着食物。

洗脸刷牙后,瑠衣化好妆,换了一身衣服。一穿上夹克,瑠衣就变成了工作模式。

因为这是一次难得的休假,所以得按照自己喜欢的方式来过。可以一个人去享受轻奢的食物,或者去观看自己此前关注的电影。

当然,去拜访与事件有关的人也是没问题的。但是,去拜访并不是以刑警身份,而是以受难者家属的身份。如此一来,宍户也不好说什么了。

"我出门了。"

瑠衣对着诚也的遗像双手合十,然后走出了玄关。

"总之,你不要再执着于钢架掉落那件事了。"

对不起，组长。

如果是作为下属，我知道我必须接受。但是，在做你下属之前，我首先是春原诚也的女儿。

如果侦查总部把诚也事件定义为事故，那么推翻就好。对于重新调查志木他们已经调查过的地方，瑠衣虽然觉得很抱歉，但是未带一丝犹豫。

失望转化为愤怒后，瑠衣走向了目的地。

瑠衣拜访的是巢鸭白山路的住宅区，是钢架掉落的施工现场。因为当时赶往医院后她就一直忙着准备葬礼，后来被直接调离了专案组。其间，她一次都没有踏进过诚也出事的地方，这次还是初次造访。山治建筑的本部无疑也是其工作地点，但是瑠衣印象更深的还是这里。想来对于现场责任人的诚也而言，这里才更像是他的工作地点吧。

瑠衣往里面窥望，发现施工现场四周围着防尘网，阳光被遮蔽了，中间是恰到好处的明亮。施工已经开始了，重型机器设备的声音和施工人员的声音不绝于耳。就这样站着，瑠衣感觉到脚底传来了建筑设备的震动。

周围全是喧嚣的噪声，但在曾经屡次被诚也教导何为建筑行业的意义的瑠衣听来，这是敲击木材的声音。据验尸官鉴定，诚也是当场死亡。如果是死在工作了一辈子的施工现场，或许这也是诚也本人的夙愿吧。

瑠衣和第一个将事故告诉自己的宫胁事先约好了见面。两个人走到了防尘网外的阴凉处。

"我只能拿出二十分钟的时间和您在这样的地方见面,我先说声对不起。"

看着低头道歉的宫胁,瑠衣将头低得更低了。

"说任性话的是我。"

"关于春原监督去世时的状况,我也向其他的刑警说了。"

"我今天并不是以刑警的身份,而是以受难者遗属的身份来问您的。我想当面问问现场的目击者,我父亲临死前是什么样子。"

"我明白了,这是理所当然的。啊,请稍等我一下。"

宫胁从道路旁的自动贩卖机买了两罐咖啡,将其中一罐递给了瑠衣。

"再次说声对不起。要是这附近有咖啡店就好了。"

提了无理要求让对方暂停了工作的人是自己,瑠衣对此感到不胜惶恐。

"在葬礼上,我听到山路会长的悼词里说'不论接到多么难搞的订单,都能听到大家说只要春原在现场,就不用担心',但是我不觉得会长会知道在工作现场的父亲情况。那是客套话吗?"

"不是的,这是误解。虽然现在山治建筑变成了一个中型建筑公司,但在创业初期只有二十个员工。春原监督刚入职时,会长会带着职员们一家一家地喝酒。所以会长私下知道春原的为人,这并不是谎言。"

"很有昭和气息啊。"

"虽然时代在向前发展,走过了平成,又来到了令和。但是土木建筑公司还是残留着一些土气。因为工作中伴随着危险,所以我觉得比起同事身份，大家更像是战友。"

说到战友这词，也是"古色古香"。非但不是昭和年代，反倒像是更早之前的感觉。

宫胁喘了口气后继续说道。

"春原监督虽然是土木科科长，但是从不坐在总部的椅子上摆架子。他总是尽可能亲临施工现场进行指挥。因此，春原监督和普通职员一样，甚至比普通职员晒得更多。大家都愿意追随这么一位上司，当然也有员工害怕距离过近。但总的来说，春原监督没什么不好的风评。"

应该不会有人在一个女儿面前说去世父亲的坏话，所以春原觉得这也许是客套话。

"我先说在前头。"

宫胁窥视着瑠衣的脸色，有些惋惜地叮嘱道。

"你是春原科长的女儿，但是我并不是在客套。春原科长无论是作为上司，还是在日常为人上，都是值得信赖的人。会长在悼词中说的人物评价，也代表着在施工现场工作的全体员工的看法。无论是多么棘手的订单，只要施工现场有春原监督在，大家就会安心。所以，当春原监督以那样的惨状去世时，施工人员都希望公司能够给春原监督举行社葬①。"

"这我还是第一次听到。"

---

① 社葬：由公司来举办的葬礼。社葬的对象因企业而异，一般对象是公司的创始人、会长、社长、董事，或者对公司做出巨大贡献的人以及在工作中因事故去世的人。

"虽然如此，但是我们听说您那边在安排葬礼的流程，我们就放弃了。会长是这么说的，'公司要人都不约而同地来到了告别式，这不就足够了吗？迄今为止，春原科长一直在为公司奉献，在最后之际，就让他和自己的女儿单独待会儿吧，外人不必去打扰他们。'"

"这是真的吗？"

"这些话，我撒谎也没用吧。"

宫胁热切地说着。自从诚也的葬礼结束以来，对这个公司已毫无信任的瑠衣无法不怀疑。也许宫胁是个好人，但是山路会长未必是。

"关于我父亲在公司的评价，我已经了解了。请您告诉我事故当时的状况吧。"

"那么，我还是带您去个地方吧。"

宫胁回到现场，拿回一个备用的头盔。

"在里边要戴头盔。"

施工现场充满了铁和尘土还有水泥的气味。飞扬的尘土在太阳下闪耀着白光。

宫胁和瑠衣一起背对着防尘网，然后宫胁指着四米远的前方。

"春原监督恰巧是站在那一片。从那个位置可以把握全场的情况。然后，还有这个正上面。"

宫胁用手指着上面。

"上面铺了一层防护板，就算有建材和工具从上面掉落下来，也不会砸到工作人员。因为在工作中我们必须将建材运上运下，所以我们没有全部铺上，而是将正中间空了出来。"

防护板空隙的正下方就是诚也所站的位置。

"掉落下来的钢架就恰巧穿过空隙，直接砸到了我父亲头上？"

"如果钢架的边缘接触到防护板，掉落地点或许会有偏差。只能说春原监督很不幸。"

"钢架是用钢架绳固定了四个地方吧。"

"是的，是用四根吊绳的固定法。"

"即便是这样固定了，钢架也会滑落吗？"

"其实钢架很少会滑落。钢架上如果沾了油或是沙尘，是有可能滑落的。因此，在搬运时就要非常细心，并且铺上防护板。"

但即便如此，事故还是发生了。

"这两件几乎不曾发生的事重叠在一起，还是惹人怀疑。即便不是如此，山治建筑员工连续死了两人，警察的怀疑也是有道理的。瑠衣你是因为怀疑，才来到现场的吧。"

"与其说是怀疑，倒不如说我爸对任何事情都十分谨慎。我很难相信他会遇到如此低概率的事故。"

"说到底，你还是有所怀疑，不是吗？"

宫胁苦笑着说道。

"我自己也在施工现场遇到过几次预料之外的事故。换言之，因为是预料之外的事情，所以是事故。因为能预料到的风险已经事先想到了。"

这听起来既像借口，也像歪理，但是在提出零事故和遵守指南的施工现场，宫胁似乎不得不这么说。听起来很像是刑警部部长在新年贺词上挂的标语。

"我和春原监督是在同一个施工区，当时我背后传来巨大的声响，回过头时发现春原监督已经被压在钢架下了。我慌忙地用起重机移掉钢架，然后打了119。那个时候，春原部长的头部已是惨不忍睹了……我赶快用春原监督的手机找到了紧急联系人你的号码，拨打了你的号码。"

就算是外行人也知道这个状况会让人当场死亡。一想象当时的情景，瑠衣就觉得揪心地疼。

"救护车到了后，我也随之一同去了医院。之后的事情，您都知道了。"

从刚才起瑠衣就在观察宫胁，但是没有看出他的举止有在隐瞒些什么。

"我明白了。那么，请让我见一下当时操作起重机的楠木。"

"这个就算了吧。"

突然间，宫胁的表情僵硬不已。

"自从那件事发生以来，楠木整个人都萎靡了，他再也没法继续操作起重机了。虽然现在已被分派去做其他的工作，但我还是希望他能够尽早地回到之前的岗位。"

"你是担心他和我谈话后会留下心理创伤吗？"

"楠木很敬慕春原监督。这么敬慕的人，却被自己搬运的钢架给砸死了，他所受到的刺激是难以想象的。再加上，如果受到了春原监督女儿的责备，他会变得一蹶不振的。"

"我丝毫没有要指责楠木的意思。"

"就算你没有这个打算，楠木也会在意的。"

"在意是什么意思？我这边失去的可是至亲。"

瑠衣抑制着激动的情感，毫不避讳地问道。

"宫胁和我们一起会面也无妨。如果我的发言有什么不当的地方，请你在中途制止我。"

"你都说到这个程度了……"

宫胁说到一半就没继续说了。瑠衣总觉得他的内心很矛盾。

他稍微思索了片刻，将脸望向这边。

"可以的。不过，休息时间没剩多少了。即便这样也没关系吗？"

瑠衣没有反对。如果时间不够的话，那多来几次就可以了。

宫胁中途离开了几分钟，然后带回来一个戴着头盔的青年。青年的外表二十五岁以上，和瑠衣是同龄人。也许是为了扮成熟，他特意蓄了胡子，但是看起来反而更年轻了几分。对方好像已经知道了瑠衣的身份，做自我介绍前就已经显得很拘谨了。

"我叫楠木昭悟。明明我之前一直受到春原监督的关照，却把事情弄成了这样……"

"你能告诉我当时的情况吗？"

楠木像在挑选话语似的，结结巴巴地说了起来。大概内容和从志木那里听来的差不多。楠木说自己是按照规定的日程和流程操作的起重机。

"我在两年前拿到了架式起重机的资格证。对于操作起重机，我是相当有自信的。迄今为止，我从来没有犯过这么大的错误，但也许是我的自信或自大导致了这次事故。我对不起春原监督。"

"钢架为什么会从钢丝绳中滑落呢？四个地方都是固定的吧。"

"四根吊绳确实是最稳妥的吊法。不过在高空操作时，如果有阵风刮过，钢架就会失去平衡。本来这就是重达几吨的钢架，一旦失去平衡，那就好像是石头从坡道上滑落了一样。"

"那天有阵风刮过吗？"

"我也不是很清楚。钢架猛然晃动掉落的瞬间，发生了什么事情，我完全忘记了……等到我回过神来，已经是钢架掉落后的事情了。"

"中间操作起重机出错的可能性是……"

当说到这一点时，宫胁插了一句。

"我们约好不问这个问题的。"

"抱歉。"

"我和楠木，在事故现场的所有人都分别接受了警察的调查询问。之后，警察判断这不是一起犯罪事件。瑠衣，你不可能不知道这回事。"

宫胁有些克制地向这边投来指责的眼神。

"您父亲的意外去世确实是一桩憾事。但是，你将气撒在别人身上，我可不敢苟同。我说得有点冒犯，但那不是春原监督最为讨厌的事情吗？"

够卑劣的！瑠衣心想。

宫胁说的并没有错。诚也绝非一个喜欢任性自私和坚持不合情理的正义的人。不难想象，诚也不仅将这种主义贯彻在家里，在职场上也同样如此。这样就够了，只是连遭反击会使自己无地自容罢了。

"我知道您是一位警察，用怀疑的眼神看待这起事故也是无可非议的。对于在施工现场的工作人员而言，发生事故也是在所难免之事。因此，你的提问叫人听着十分刺耳。"

"但是，因为我是一名警察。"

"您之前不是说您不是以警察的身份，而是以受难者遗属来问询的吗？"

宫胁似乎意识到瑠衣在逼问，之前他自始至终都没有忘记放低姿态，但从此刻开始，比起去世上司的遗属，宫胁明显更在乎现场的同事好友。

"正因为您是春原监督的遗属，所以我老实和您说，在春原监督去世之后，施工现场的工作人员便失去了向心力，有一半都陷入了茫然状态。因为大家一直都心不在焉，所以在工作时也没有安全性可言。不过，葬礼结束后，大家终于放下心来，回到了这里。"

"你是说因为我，又会扰乱大家的心思，使大家无法工作吗？"

"坦率来说，是这样的。"

这是在委婉地表达"你给大家带来了困扰，快滚出去"。

虽然瑠衣心有不甘，但是瑠衣更在意的是羞耻感和对父亲的歉意。

"因为我的心情还没有整理好，我说了各种不礼貌的话。"

"没事，您知道就够了。我们接下来得回去工作了。"

宫胁和楠木躬身低头，于是瑠衣不得不离去。

从现场离开后走了一会儿，一种败北感袭来。对方一味地说什么好人、敬业这样的场面话，到头来还不是给人吃了闭门羹。

瑠衣还是第一次单独进行侦查，可单枪匹马的话，居然连人际关系调查都做不好。败北感再加上对自我的厌恶，让她的心情跌落到了谷底。离开家时的那种紧张感已经消失殆尽了。

"笨蛋，你还有时间用来消沉吗？"

不过失败了一次而已，不要气馁。这不是初次去侦查犯罪现场时，志木给自己打气的话吗？快振作起来。

瑠衣拍了拍自己的双颊。打起精神后，心情稍稍好了点。

在回家的电车上，瑠衣仔细思考着自己失败的理由。资料不充分这点是无法否认的，一开始只靠从宍户和志木那里听到的信息就去现场突击太草率了。因为自己被愤怒控制了，所以无法冷静地判断。

不过，虽然只有一点点收获，但也毕竟还是有所收获。操作起重机的楠木，他在说话中的神情很令人起疑。楠木始终不够沉着，而且眼神游离。虽然速断速决是禁忌，但是他的行为与隐藏着什么的嫌疑人无异。虽然不知道楠木在隐藏着什么，但是至少他不敢正面面对春原监督的遗属。

必须查出楠木的个人信息和他与诚也之间的关系。下一次得收集好信息，准备齐全之后再来拜访。

瑠衣单纯到连自己都惊讶。一想起对策，瑠衣就恢复了冷静。在下电车往自家走去的瞬间，她开始思考去哪里吃午餐。

但是下一个瞬间，小小的幻想就云消雾散了。

瑠衣走在熟悉的道路上，不经意将视线移到弯道反光镜上时，她看到十米之后的身后跟着一个男人。

瑠衣对这个男人的长相和衣着都有印象。他长着一张娃娃脸，穿着一件质量上等的夹克。没有弄错，这个人是同自己搭乘同一辆车的男人。

在白天，没有推销员会不带包还到处走。瑠衣觉得很不对劲，瞬间回想起了记忆中的那副模样。

在侦查中瑠衣尾随别人已经有好几次了，但是被人尾随还是第一次。看来今天是个"幸运日"。不过，瑠衣想不明白。

自己被尾随的原因是什么。尾随者是和诚也事件有关的人吗？

必须得去确认一下。

瑠衣心生一计，走进了岔路。这是一条只有当地居民或者快递员才知道的蜿蜒小道，道路很窄，如果转身，对方是没法掩饰的。

瑠衣走入岔路后，这个男子果不其然地紧跟在她身后。看来是没错了。因为现在不是深夜，所以瑠衣觉得情况不是那么危险。防身术的基本招数还是练过的，即便是要格斗，瑠衣也能应付。

转了几个拐角后，瑠衣立马转过身来。

瑠衣和直行的男人四目相对。

"你是有什么事情吗？"

瑠衣从正面盯着对方，向前跨了一步。

"你一直在尾随我吧。"

瑠衣预料对方会逃跑或者装傻，但是这个男人的反应出乎意料。

"我觉得你有点弄错了尾随这件事，我只是想找到一个适当的时间和场所与你说话。"

"如果你是来搭讪的话，那你可就找错人了。我是——"

"你是春原瑠衣小姐，是警视厅侦查一科的刑警，对吧。"

瑠衣向前迈出的脚反射性地往后退。

"你，是谁？"

"抱歉，我说晚了。我是东京地方检察厅特别搜查部的神川淳平。"

3

即便是确认完神川递出的名片和秋霜烈日的徽章，瑠衣也没有弄明白状况。检察官原本是没有身份证件的。因此，就算出示名片和徽章的神川值得信任，瑠衣也完全没有头绪，为什么偏偏是特别搜查部的人来找自己呢？

"但是，你们特别搜查部来找我，是有什么事吗？"

"请您让我看一下您的住宅。"

"你这意思是要进行入室搜查吗？"

"你这么理解也无妨。"

"嫌疑是？"

"请您说话不要这么咄咄逼人。"

突然，神川笑了。虽然他的头衔给人一种威严感，但笑起来却有一种青春朝气的清爽感。

"我并不是说您本人有嫌疑。总之，我会去您房间说明详细情况。"

瑠衣半信半疑，但一时找不到违抗特别搜查部执行公务的理由。瑠衣在无奈之下，只好让神川进屋。

许是算准了现身的时机，瑠衣一同意，神川身后就出现了另外两人的身影："打扰了。"

规矩地鞠了一躬后，神川他们就进了屋。

"我们首先想参观一下诚也的书房。"

"果然是觉得我父亲有嫌疑吗？我父亲究竟做了什么？"

"无论如何都必须说给您听吗？"

神川矫揉造作的样子真让人恼火。

"既然都有这么多顾虑了，那请不要刚办完葬礼就来查案。"

"我们以前就开始侦查了。但没想到正打算找诚也先生进行调查询问时，他已经去世了。"

"那你有搜查令吧。"

面对瑠衣的请求，神川拿出了书面文书。

正式来说，这个叫作搜索查封许可函。嫌疑人的名字、罪名、搜查对象场所、对象物、身体、没收物品、有效期限都写在上面。

瑠衣最先关注的是罪名。

"有价证券报告书虚假登记……."

"我说晚了，我们是特别搜查部经济组的人。"

特别侦查部根据侦查对象，分别有特殊直接起诉组、财政组、经济组。其中，财政组主要负责东京国税局检举的偷税事件。经济组在负责公司法、商法、金融有关的刑事案件之外，还要负责警视厅刑警部侦查第二科送交的违反政治资金规正法行为、贿赂受贿、官商勾结事件。此外，还有企业犯罪中的欺诈、渎职以及侵吞公款这种行为。

"你看起来很意外。"

"我听说我父亲在施工现场是一个一心一意的人，应该不会和公司财务方面有关联。"

"我们也没有认为令尊直接篡改了账簿。"

"那，是为什么呢？"

瑠衣寸步不让，神川带着顾虑地说道："既然你也是警察，就应该知道搜查令的法律效力。首先请您配合。我之后会说明解释的。"

神川礼貌地说完，把瑠衣吓得目瞪口呆。虽然只是一纸搜查令，但是如果没有遵守的话，会以妨碍公务罪来处置。

瑠衣对于父亲的房间被如此粗暴地对待感到义愤填膺,但是作为警察,只能不情不愿地遵从。

"诚也死后,你动过书房的东西吗?"

"我听说父亲在工地遭遇了事故后,就一直没有动这里的东西。"

"我们会尽早结束的。"

话毕,神川他们就走进了书房。他们和瑠衣一样驾轻就熟,在死者至亲面前毫不避讳地四处搜查着。书架和桌子的抽屉自不用说,书籍的内页和沙发的兜底也都被剥下来了。瑠衣总感觉他们是在找文件一类的东西,但似乎怎么都没找到要找的东西。二十分钟过后,他们找遍了所有能藏匿东西的地方。

"之后我们要搜查一下客厅。"

瑠衣极力摆出一副很受困扰的神情,但是神木似乎毫不在意。

"我刚拜读了搜查令,上面写着搜查的对象场所是住宅。"

"一般都是这么写的,毕竟不能确定哪个房间里有什么。"

"那搜查范围不仅是我父亲的书房,还包括整个家吗?"

"是的。"

"莫非我的房间也要看?"

"请您事先把不方便给人看的东西收好。"

"你们考虑到的个人隐私就这?"

"我和您算是同行。还请您体谅。"

警察虽然也一样,但在检察搜查住宅时会全部搜个遍。他们没去搜查内衣类的东西已经属于个例了吧。实际上，因为瑠衣他们在搜查住宅时和他们是一样的，所以瑠衣没有抱怨的道理。

从客厅到厨房、瑠衣的房间，再到浴室和厕所，神川他们搜遍了各个角落，耗时差不多两个小时。其他二人将诚也的私人物品塞进了纸箱交付给神川，然后迅速离去了。

"好像没有搜到什么有用的东西。"

神川用一种抱歉的语气说道，这是打算赔罪咯？

"当然。所以我不是从一开始就说了吗？"

"即便如此，还是需要搜查住宅的。无论是多么微小的可能性，都要一个一个地去验证。作为警察，大家都是一样的吧。"

"我们之前说好了的，请告诉我详细情况。"

"可以啊。"

瑠衣隔着客厅的桌子与神川僵持着。

"关于您父亲的工作，您了解多少？"

"我刚刚也说了，我父亲进公司后就一心一意地扑在施工现场的工作上，所以人人都信任他。"

瑠衣将从父亲下属宫胁那里听来的内容，原封不动地传达给了对方。虽然称赞自己的亲人多少有点羞涩，但是诚也受到下属的敬慕这件事说出来还是很让人骄傲的。

但是，神川的反应很平淡。

"我们也知道您父亲很有人望。无论接受多么困难的订单，只要现场有春原监督在，大家都很安心，他简直就是守护神般的存在。但是，您知道诚也之前就职的山治建筑的情况吗？"

"我只知道那是一家中型公司。"

突然提到这个,瑠衣除了该公司的企业状况外一无所知。虽然在负责案件的侦查阶段了解到了该公司的规模、员工数量等情况,但归根结底只是一些表面上的数字罢了。

"您说的只是对您父亲的职业的一般了解。这个国家的建筑行业可以说由几个大型建筑公司垄断了,国家级项目以及城市的再开发都是由大型建筑公司轮流负责,在它们下面的中型建筑公司和微小建筑公司处于一种挂靠的状态。这也是理所当然的,许多公共工程都是采用竞争招标制度,但是符合大型项目的竞争招标条件的企业数量自然是有限的,它们本身所收集到的信息量和技巧方面也是云泥之别,因此被大型建筑公司垄断也是毫无办法的事情。于是,中型建筑公司为了得到巨大的利益,就只好去做大型建筑公司的转包人。"

诚也之前工作的山治建筑似乎也不例外。

"如今在东京都内,与奥林匹克有关的多个相关项目正在开展中。竞技场、住宿设施、附带的商业设施和交通网都需要完善。如果要综合考虑举办完奥运会及残奥会后的再利用,那就是一项前所未有的国家事业。而且,这些超大型项目也是由大型建筑公司垄断的。您知道这意味着什么吗?"

"中型建筑公司和微小企业比起之前,越发需要看大型建筑公司的脸色了。"

"是的,因此中型建筑公司就开始在大型建筑公司面前拼命地推销自己了。在高级饭店宴客和高尔夫接待都是小事,最为见效的还是靠真枪实弹。"

"现金贿赂……吗？"

"那是当然，但不能做得那么明目张胆。即便是行贿方也不能记到账簿上，如果计入不明金额就会被税务部门注意到。因此，黑钱就'粉墨登场'了。"

对方解释到这里，之后的部分瑠衣也了解了。特别搜查部怀疑山治建筑非法篡改会计事务，虚造了黑钱。

"你们有山治建筑虚造黑钱的证据吗？"

"契机是每次的熟人内部揭发。"

神川的脸上浮现出嘲讽的笑容。

"因为是侦查信息，请允许我隐瞒所涉及的大型建筑公司的名字。被招待的一方也并不是团结如磐石，组织越大，派系也就应运而生了。能够受贿的也只是一部分董事。自然而然，他们中间一旦出现羡慕或是嫉妒的人，就会引起内部揭发。"

"揭发是从什么时候开始的？"

"已经有两年了。"

瑠衣被两年的时间长度给惊到了。按照神川的说法，似乎这样历经数年的秘密侦查并非特别少见。

"一般的企业揭发姑且不论，若是与公共工程有关，那政治家介入的事件并不少见。因此检察也只能小心谨慎地进行。只是，就算是慎之又慎，还是出现了漏洞。"

"是信息泄露了吧。"

"是的。"

神川面露苦涩。

"秘密侦查被对方注意到,对方立刻就加强了防备。与此同时,行贿方的山治建筑也在试图销毁证据。明明还没到年底,大量的文件就已经被销毁了。"

突然间,神川沉默了。

瑠衣立刻知道了他的沉默意味着什么。

"山治建筑案和这个有关吗?"

"建筑行业虚造黑钱最简单的方法就是虚报施工费。也就是说,采用造假资材的数量和质量的手法。资材科科长藤卷亮二,会计科科长须贝谦治,还有土木科的现场责任人春原诚也。一般情况下,流程是先购买现场使用的资材、会计记账、搬到施工现场。而去世的三个人是这些职位的责任人,如果山治建筑的虚造黑钱正如所推测的那样,是虚报施工费的话,那么三人的殒命原因也不言而喻了。"

灭口。

瑠衣心中涌起对这个不吉之词的愤怒之情。

"请等一下。"

瑠衣忍不住提出了异议。

"如果按照神川你说的话,那么我父亲就是虚造活动费的帮凶了。我相信我爸是不可能做出这样的事情的。"

"我知道诚也是一个正直的人。但正因他是一个正直的人,所以有时也会染指违法行为。特别是在虚造活动费变得司空见惯的情况下,是会连罪恶感都不会产生的。"

"你这不是偏见吗?"

"未必是偏见。举例来说,现在投标串通已经是确凿犯罪,但是建筑行业数年来都习以为常。习以为常后,越是一晚上就能消灭掉被视为'正义'的东西的公司,就越是不干净。而且,正因为是企业成员,有时也会产生无法抗争多年陋习的看法。"

一瞬间,诚也的话语就浮现在瑠衣脑海中。

"相信了的我真是个傻瓜。"

这难道是相信公司的正义而遭到背叛的企业成员的恸哭吗?他在须贝的葬礼上走向山路会长,是不是在表明自己的反对意见呢?

神川突然露出老老实实的神色,瑠衣深深地低下了头。

"如果诚也去世的理由是隐瞒了行贿的事实的话,那么这个原因也许可以通过秘密侦查调查清楚。如果真是那样的话,那真是对不起了。"

瑠衣怒从心起,但也不无感动。在事情的真相还没有水落石出之前,神川已经承认了特别搜查部的冒犯行为。

"东京特别搜查部就是这样一个敢作敢当的组织吗?"

"这不是特别搜查部的想法,是我个人的想法。"

"比起道歉,请先抓到犯人。那样的话我父亲也会高兴的。"

"那不是我的任务。"

一瞬间,瑠衣感到难以置信。

"特别搜查部虽然也处理杀人事件,但这次山治建筑行贿是主体。我们经济组原本就不负责杀人事件的侦查。"

"怎么可以这样。受贿、行贿和杀人比起来，哪个性质更严重呢？"

"这不是轻重问题，而单单是职权范围的问题。因为在证实隐藏受贿这件事的过程中，有三人意外死亡，因此侦查继续进行，但是我们的目的自始至终都围绕着经济案件。最重要的是，杀人事件是由你们警视厅侦查一科来追踪的。"

条块管理的弊病连检察厅也发现了吗？瑠衣一言不发，心情十分失落。

"就不能安排神川的队伍和我们组联合侦查吗？"

"我们会上报上去，但请你不要抱太大希望。因为我不怎么受上司器重。"

这次瑠衣又产生了一种别样的感觉。

"神川，你给人的感觉像很有能力的样子。"

"你谬赞了。"

在离开之前，神川都一直保持着谦逊的样子。这和平时检察官给人的印象大相径庭。

所谓不受上司待见的说法，瑠衣似乎也有些心领神会了。

但是神川离去后，瑠衣心中的怒火还是没有消弭。

次日，去上班的瑠衣在刑警室逮住了宍户。

"昨天，东京特别搜查部的人来我家入室搜查了。"

在听报告的宍户露出非常惊讶的样子。

"你做了什么？"

"究竟出什么事了？"

听到两人的对话后，连志木也走了过来。

瑠衣将特别搜查部前来的目的和负责的人的话传达完，宍户露出心领神会的表情，点了点头。

"山治建筑有虚造黑钱吗？如果是灭口这个动机的话，那么死去的三人之间的确是有关联的。"

"但因为这次特别搜查部的目的在于揭露行贿受贿的事实及政治家的贪污行为，对于杀人事件，特别搜查部表现得一点也不积极。"

"杀人事件只不过是受贿行贿的附带事件。而且，目的是将相关人员灭口这个动机我表示赞成，但只要没发现关键证据，这些都只能算是猜测。比起找到犯人，追踪资金的动向更快，也更符合特别搜查部的目的。"

"如果是这样的话，请让我们组来行动。"

"即便动用整个组，所能依据的也只是一个动机而已。通常，根据动机是可以将嫌疑人限定在数人之内的。可是，山治建筑不是五人、十人的小企业。"

对于这个回答，瑠衣哑口无言。

"而且，虽说是为了公司，但是一个上班族会接二连三地杀害同事吗？如果是杀人的话，那么交给黑道是最稳妥也最简单的。《暴力团对策法》已经实施很久了，但是建筑行业和反社会势力的勾结还是没有根除掉。"

"那么，请和侦查二科还有组织犯罪对策部联手。"

"地方检察特别搜查部在两年前就开始了秘密侦查，现在如果让二科去抢风头,那地方检察特别搜查部会怎么想。再说,和组织犯罪对策部提这个,也缺少绝对性的材料。"

宍户用一种阴鸷的眼神瞪着瑠衣。

"你原本就从山治建筑事件中被调离了。所以,别管这个案子了。"

"但是……"

"好不容易拿到的信息,不利用就浪费掉了。还是你觉得我们就那么不靠谱?"

宍户最后的话几乎是在恫吓,不容人反驳。瑠衣虽然觉得对方很卑鄙,但是除了退让别无他法。

她正准备回到自己的座位时,志木跑来跟她打招呼。

"你刚休完假,一回来就说这个?真是一个闲不住的家伙。"

志木的语气很粗鲁,却反而是在关心瑠衣。但是瑠衣现在没有心情来表达感谢。

"如果你很闲的话,那就去把和山治建筑有关的黑社会团伙抓过来配合调查。"

"组长的看法是,如果没有确凿的证据,那就不能对科长提建议。那个叫神川的检察官就没有可能隐瞒着什么信息吗?"

"至少看起来不是这样。"

"那样的话,就只能将山治建筑周边的人际关系走访个遍了。"

志木用一只手制止住了瑠衣。

"我不是不懂你现在急切的心情,但是如果你再这么胡来,只会束缚住自己。组长那句话是真的,同伴的亲人遭人杀害,我们也会认真对待。这有点陈词滥调了,但你至少要稍微相信下我们。"

这原本是让人感动到掉泪的话语,但是事情进展不尽如人意所产生的急切心情让瑠衣变得顽固不已。她很久没有这么厌恶自己了。

"对不起。"

瑠衣道完歉后就回到了自己的位置上。就这样,焦躁和消沉的一天开启了。

分派给瑠衣的工作还是一如既往,调查询问富士见帝国大酒店的工作人员和周边情况。犯人不是酒店内部员工这件事情是通过监控弄清楚了的。瑠衣的工作是推导出嫌疑人的作案手法和逃跑线路,但是酒店周边沿着主干道,过往的人流量和交通流量都非常之大。案发已有一个月,所以找到该起事件的目击者的工作就犹如在弥漫着干草的山中去寻找一根细针。

调查询问酒店的工作人员也是一样,在员工数量超过千人的职场,没人能记住所有同事的脸。只要对方穿上制服,就会觉得他和自己一样是酒店员工。和多人中毒死亡事件中外表花哨、性格大胆的嫌疑人相比,目击证人如此之少应该就是这个原因。

问许多人同一个问题,一无所获后再询问下一个对象。如此反复,一不留神思绪就会飞向山治建筑事件。现在,志木得到有力的线索了吗?特别搜查部对行贿受贿又知道多少?

"春原。"

声音响起，是一同来调查询问的葛城，瑠衣清醒过来。

"怎么了？"

"没事，那个……"

葛城慌张地道歉，然后关心地看着这边。

"你还是很在意吗？山治建筑那件事。"

"不好意思。"

"就你来说，也是情有可原的。虽说廉价的同情反倒会给你添麻烦，可我还要说，你的心情我可以理解。"

说话间瑠衣突然发现，之前对神川有一种与检察官相违和的印象，今天倒也从葛城身上看到了某种与刑警不相称的风貌。

"春原，我听说你家被东京地方检察特别搜查部入宅搜查了。"

"你消息真灵通啊。"

"我们组长是顺风耳。"

"在一科，没什么能隐藏过去。"

"我不知道具体情况。但是，如果特别搜查部是由于建筑行业的原因而采取行动的话，那么大概率是与行贿受贿有关。"

"正是如此。"

"这个国家的建筑行业究竟是怎么了。明明已是令和时代，但无论是和政治家勾结，还是虚造黑钱，他们的所作所为还都是昭和做派。"

仅仅靠时代趋势和法律，有些东西是无法根除的。瑠衣现在对此深有体会。大型建筑公司的扩大态势是前所未有的，因为公司规模巨大，所以能获得既得利益。或者是获得了既得利益，故而得以扩张？瑠衣想不明白。

"侦查范围已经拓展到政界了。如果不是检察厅的话，可能无法应对。宍户组长以及津村科长决定观望也并非不能理解。"

葛城不仅是对瑠衣，对所有人的立场都能予以理解。他一定是个天生的大好人，讨厌去攻击别人吧。

但是瑠衣不一样，她并不是一个像葛城一样出色的人。遇见意见不合之人，瑠衣会想要疏远。对本该憎恨之人，瑠衣便会憎恨到底。即便在当下，瑠衣也在心底一直期待着有朝一日将杀害父亲的凶手大卸八块。

4

"进展如何？"

每次上班见到志木，瑠衣都会这么问。不用说，这是在确认山治建筑案的进展，而志木也不再掩藏其不耐烦的表情了。

"才过去一两天，你觉得新线索有那么好找吗？"

"我就是这么期待的。"

即便志木面露厌烦，瑠衣也只能选择去问他。现在的自己什么都做不了，为了排解不能去侦查的急躁情绪，除了打听以外也别无他法了。

"你问我问得够多了，你自己何不去搜集点信息呢？"

"你竟然能说出这种话来。你明明知道我目前的处境。"

"无论什么样的处境,都能看到报纸吧。"

志木往桌子上扔了张当天的经济新闻①。

"你看了吗?"

"我对股票没兴趣。"

"企业版面刊登的报道,你会感兴趣的。"

瑠衣按照志木说的打开了报纸,跃入眼帘的是这么一则报道。

"山治建筑股票连续五日大涨!

"山治建筑股票的涨势一直很坚挺。因为奥林匹克的需求,建筑相关的股票都在一齐上涨,山治建筑公司较上月相比涨幅非常之高。山治建筑公司计划于平成二十八年四月动工,对晴海五丁目地区第一种市区②进行再开发。残奥会结束后,将大规模建设集体住宅,届时为了有效利用特定建筑者制度③,山治建筑将充分发挥该公司积淀的特有技术。在此背景之下,集团投资的入股纷至沓来(22页会长采访登载)。"

瑠衣焦急地翻开报纸,翻到该页。

找到了。

映入眼帘的是笑容满面的山路领平的特写。

"——感谢您在百忙之中接受我们的采访。

---

① 经济新闻:日本报刊《日本经济新闻》的简称。

② 第一种市区:日本城市建设中所规定的用途规划的一种。

③ 特定建筑者制度:由公开招募的民间企业等根据企业自身情况和经验来实施计划和建筑工程的制度。

"忙是一件好事。我这样的人一旦闲下来就不会去干正经事。有句话叫小人闲居,不干善事。

"——会长这个职位,我一直觉得在时间上是相当充裕的。

"完全不是这样的。只要没有什么特殊情况,我每天都在会长办公室被迫待到公司下班为止。

"——您公司的业绩很好呢。

"并非现在的功劳,应当说是去年播下的种子在今年终于开花了。因为暂时的特需①,公司上下如同过节般开心不已,但是敝公司是以稳健为信条,而非张扬。

"——残奥会的相关事宜不是特需吗?

"再开发是城市永远的命题。这次只是偶然与奥林匹克凑一块儿了,但由东京都内所主导的再开发事业至今从未变过。

"——因为山治建筑是一家中型企业,感觉山治建筑在公共事业上的发展十分迅猛。

"公共事业是政府提倡的国土强劲化中的一个环节。在最新的抗震标准下所建的楼房,有助于防灾减灾,承担着国家层面上风险管控的责任。这也是为了强化日本的产业竞争力,打造一个安全、放心的生活,并集中人力实现此目的。公司业绩的突然增长,正是因为契合了国家的方针。

"——关于公共事业,人们对以往的公共设施行政持批判态度,地方居民是抗议的。

---

① 特需:政府的特别订单。

"经济增长不可避免地伴随着某种程度的牺牲。当下人们深恶痛绝的暴力拆迁队,对于商圈的再开发而言也是项必不可少的工作。面对泡沫时代下略微强硬的暴力拆迁队,也会有人埋怨时运不济吧。但是,再开发带来了商圈的发展,大部分的人都享受到了由此带来的利益。若是让那些抱有受害者心态的人目睹这焕然一新的街道,我相信他们也能接受吧。"

后面还有后续采访,但是瑠衣没有读完就合上了报纸。

"经济增长不可避免地伴随着某种程度的牺牲。"

"抱有受害者心态的人目睹这焕然一新的街道,我相信他们也能接受吧。"

那么,山治建筑为了从大型建筑公司揽活而行贿,也能说是勤奋的表现吗?

包括诚也在内被封口的三人看到建筑物后,就能接受这些说辞吗?

说什么如果是为了自家公司的发展和利益,而且符合社会的意义,是有必要牺牲一些东西的。

开什么玩笑?

死去的三人听到这些鬼话会点头同意吗?

瑠衣怒火中烧,五内俱焚。她的理性被情绪吞噬,思绪笼罩在一片迷雾中。

"喂,你怎么了?春原。"

本来站在一旁的志木的声音变得遥远起来。春原的呼吸都要停止了。

"我刚刚在叫你。"

"没什么。"

瑠衣将报纸递给志木后,视线落在报告书上。虽然瑠衣的眼睛盯着字面,但是内容压根儿未进脑子。

过了一会儿,瑠衣的呼吸恢复正常,也能正常地敲打电脑键盘了。

但是她的情绪依旧在不断沸腾翻滚。

瑠衣赶到山治建筑总部时已是黄昏。

瑠衣藏身于一个看得见大门的背阴处。玄关附近两边各站着一个保安。显而易见,瑠衣直截了当地闯入是会被拦下的。

下班后,就这样蹲守在玄关附近应该能够逮到山路领平。瑠衣下定了决心,在那儿一直站了两个小时。尽管瑠衣习惯了蹲守,但因为这不是奉命侦查,她的心中还是涌起了一股罪恶感。

瑠衣觉得自己太过公私不分了,但是,绝对不能坐以待毙。昨日,从神川那里听到山治建筑有行贿受贿的嫌疑,今天又领教了山路领平的傲慢。难道采访者和读者都对此无动于衷吗?

在那个采访里,山路领平的信条和价值观溢于言表。为了发展而不惜牺牲他人生命,这充其量不过是处于高位的统治者的逻辑。到目前为止,肯定有无数人被他践踏过。不,瑠衣甚至都怀疑他是否能意识到自己践踏的是人。

山路领平的信条,总而言之就是一种选民思想①、利己主义。只要自己的公司发展壮大了,其他事情都与自己毫无关联。山路领平在葬礼上陈述的悼词,不过是让人作呕的伪善之词。

对山路领平以及山治建筑的憎恶使瑠衣失去了理智。当下除了与山路领平本人针锋相对外,瑠衣想不到别的方式。至少必须将自己心中的憎恶对山路领平吐露出来,否则瑠衣觉得自己无颜去面对诚也。

晚上七点刚过不久,玄关附近停下一辆黑色的梅赛德斯迈巴赫,里面只有一位戴着帽子的司机。

毫无疑问,就是那辆车。

果然,正面玄关的门开了后,山路领平的身影出现了。秘书妻池绕到前方打开后车门。

"您辛苦了。"

山路无视低下头来的妻池,坐进了车里。

就是现在。

瑠衣以脱兔之势冲上去,伸开双臂拦在迈巴赫前面。

"你打算干什么?"

妻池迅速上前盘问瑠衣,并向保安使了个眼色。瑠衣在没被他们抓到前已经跑去了后排车座。

"山路会长,是我,春原诚也的女儿。我想和你说话。"

---

① 选民思想:选民,即天选之人,是指"被神所拣选的人"。常常被视为神挑选,实现天命(例如在地上充当先知)的人,甚至是一个受神喜爱的族群。

"快离开汽车。"

妻池用手抓住了瑠衣的肩膀。令人震惊的是，完全看不出妻池有这么大的手劲儿，单用一只手就扣住了瑠衣的上半身。

"山路会长……"

瑠衣刚发出嘶吼声，后车窗就摇了下来，山路会长的脸出现在眼前。

"你不自报家门我也对你有印象。你是在春原的葬礼上担任丧主吧。"

"会长，请您关窗。"

"不，不用了。不可不听春原女儿的话。那么，你找我什么事？"

"我爸真的参与了黑钱交易吗？"

山路本来柔和的脸突然僵硬了起来。

"资材科的藤卷和会计科的须贝也参与了行贿？"

"你是警视厅的刑警啊。这是在以警察身份进行盘问吗？"

"不是的。"

"也是，警察不可能将一些毫无根据的话挂在嘴边。你究竟是从哪儿听到这些闲话的？"

瑠衣不可能将东京地方检察厅的刑警名字说出来。这是最基本的守密义务。

"我的直觉。"

"我能理解你想发泄你父亲去世后的愤怒，我也能理解在同一家公司连续发生三起死亡事件会让人疑心四起。但是，你没有任何证据就去怀疑你父亲的伙伴,我想这并非你父亲的本意吧。"

听到伙伴这个词语,瑠衣对他的厌恶感倍增。

为了封口而将其灭口,还好意思硬说是伙伴?

"我觉得我父亲的本意是弄清楚真相。"

"那是一起不幸的意外事故,而三起不幸的意外事故凑巧同时发生了。仅此而已。"

仅此而已。

瑠衣反射性地举起了手。如果是小姑娘打的耳光那不当回事也无妨,但因为瑠衣在警察学校大致学过擒敌术,所以即便只是打个耳光,也有将男人打至昏厥的力气。

瑠衣使了浑身的劲儿,将手挥了下去。

但是,在快要碰到山路的脸颊时,瑠衣的手臂被人抓住了。

"你是什么暴力女刑警吗?"

妻池扭起了她的胳膊,恶狠狠地说道。

"反正,你还需要历练,或者说是去学一下怎么当女人。无论怎么说,你半途而废真是一点都不优雅。"

后车窗关上了。在瑠衣挣扎的瞬间,迈巴赫已经静静地开走了。

"等会儿。"

瑠衣虽然再次厉声喝了一句,但是载着山路的车子只是默默地驶向远方。

"你说黑钱啦,贿赂啦,我当你是想象力丰富。但我绝不饶恕你对会长动手的行为——无论你是以警察的身份,还是以前员工的遗属的身份。"

妻池投来冷冰冰的、好似在看爬虫的眼神。

"如你所见,会长是一个胸怀宽广的人。身为将命运托付给会长的秘书的我,绝不能对此坐视不管。我对你们警视厅表示坚决抗议。"

瑠衣的手臂被妻池甩开,整个人摔到了柏油路上,她的脸蹭到了地面上。

"你父亲和你竟然都是急性子。这个不讨喜的性子竟然也遗传了下来。"

瑠衣伸直双肘正要站起来之际,她的两只胳膊被保安按住了。

"将刑警扭送去警察面前似乎很有意思,但我挺忙的……"

妻池未看后方一眼便消失在大楼中。

"你真是不记事,像一只走三步就忘事了的鸡。"

次日,瑠衣遭到了不分青红皂白的怒吼。

"我警告了你多次,劝你别再碰这个案子。你倒好,偏偏去找山治建筑的会长直接谈判。疯了吗你?在愤怒之情涌来之前,部长和科长先是震惊不已。"

"但是,组长……"

"别叫我组长,我觉得丢脸。"

"我一问会长黑钱和行贿的事,他的脸色就变了。"

"一个刑警开口说出那样的话,大部分公司管理者听到都会脸色大变吧。这能称作证据的话，那什么不能算是证据？蠢货。"

宍户没有说一句像上次那样体贴瑠衣的话，只是一个劲儿地斥责。

"幸好对方没有受伤，所以他们只是严正抗议了一下，这事就算解决了。但你如果碰了山路会长一根手指头，你觉得事情会怎样？话虽如此，你被一个秘书不费吹灰之力地制服了，从某种意义上来说更是一种耻辱啊。"

瑠衣感到丢脸，脸颊发烫起来。

"你把从东京地方检察厅得到的一部分信息，就这样吐露给对方是有失身份的。如果这是真的，那么山治建筑有可能会再去将相关的人一个个地灭口。如果再出现意外死亡和自杀事件，你是要承担责任的。知道了吗？"

"对不起。"

"我不能再袒护你了。"

宍户冷冷地说道。

"你从今天起暂时别往外迈出一步。之后会有正式的处分下来。"

瑠衣低落地垂下了头。

关于警察的惩戒处分有以下几种：

免职；停职；减薪；警告。

此外，就算未到惩戒处分的程度，也还有其他内部规章的轻度惩罚。如：

训诫；本部长警告；严重警告；所属部门的部门长警告。

如果瑠衣不听从上级宍户的指挥，那么最多只是本部门提醒。不过搞不好的话，也有可能面临停职的处分。无论如何，这都会在她的履历上留下污点。

瑠衣垂头丧气地回到座位上，打开了电脑。在处分下来之前，除了看侦查报告总结，瑠衣找不到其他事情来做。这犹如脖子上套绳子的缓刑。

办公室的同事从瑠衣身旁经过时都不敢打招呼。只有这次，志木一言不发。虽然瑠衣知道这是志木对自己的一种体贴，但是她的耻辱感和自我厌恶感更加难以排遣了。

这一天，瑠衣久违的准点下班回家。警察如果没有闯祸就不能早点回家，瑠衣深深地感到这是一个造孽的职业。

瑠衣无心做饭，把便利店的便当热了热后吃了起来。在只有一人的房间吃着临时凑合的饭菜，一股强烈的乏味感朝她袭来。

吃完晚餐后，可视电话显示有客人来访。

"我是朝日生命公司的望月。"

这个时候，竟然有人登门推销？

"我是来处理离世的诚也先生的事情的。"

瑠衣惊讶地打开了门。

被接待入内的望月寒暄了几句，就匆忙取出了一张保险单的复印件。这是一张以诚也为受保人的生命保险单，受益人是瑠衣。

"我也去过危险的施工现场，春原先生很早以前就开始购买保险了。"

瑠衣思索了一下，对方的话语中无任何异常，但是她还是初次听到"保险"二字。

"我还没有整理好我父亲的遗物，也不知道他买了这个保险。"

"因为您父亲生前就希望我尽量不要和你们家人说，相关的文件全部通过邮寄寄送到了工作地。"

看到死亡保险金的金额，瑠衣非常震惊。

"五千万日元吗？"

"非常抱歉地告诉您，从您父亲去世到我们完成报告，中间还隔了一段时间。我们调查需要一定的时间。"

调查指的是排除骗保的可能性吗？

"一般情况下，只要遗属没有要求，保险公司推进调查后，是没有必要理赔的。"

"如果投保人自身因为意外事故身亡，我们将按照特约事项，将投保人签订了保险的事实传达给投保人的家属。理赔与否将由投保人的家属判断。"

望月将理赔的必要文件一览表递给瑠衣。

"好了。如果您提供了申请书和保险单等资料，那么待您完成受益人的申请手续后，我们会在日后将理赔金额打给您指定的账户。"

望月将合约内容解释清楚后，再次低下了头。

"最后，我衷心地表示悼念。可怜的春原先生。我完全不觉得这点钱能够抚慰您遗属的心，但是请您考虑这是逝者的遗志。那么，我告辞了。"

这一定是在走指南的服务流程吧。望月带着老实的神色离去了。

瑠衣在诚也的书房里找到了保险单原件。看着上面签约者的名字和理赔金额，瑠衣的视线模糊了。

瑠衣想到了诚也没有告诉自己购买生命保险的缘由。总之，诚也很讨厌提到钱。无论是瑠衣上学时，还是瑠衣告诉诚也自己想要当警察时，诚也从不谈及学费和工资的话题，只确认了瑠衣个人的意向和热情。以前瑠衣就从母亲那里听过，诚也自幼时就饱尝经济困窘之苦，因此不想让女儿担心钱的事情。所以，诚也拼命工作就是为了不让女儿有任何缺钱的烦恼。

不过，诚也想错了。

什么呀，五千万日元。

比起金钱，瑠衣明明更希望诚也活着。

比起理赔金，瑠衣明明更希望父亲留下只言片语，留下证言。

就在瑠衣泪眼蒙眬之际，可视电话又响了起来。

站在外面的人是鸟海。

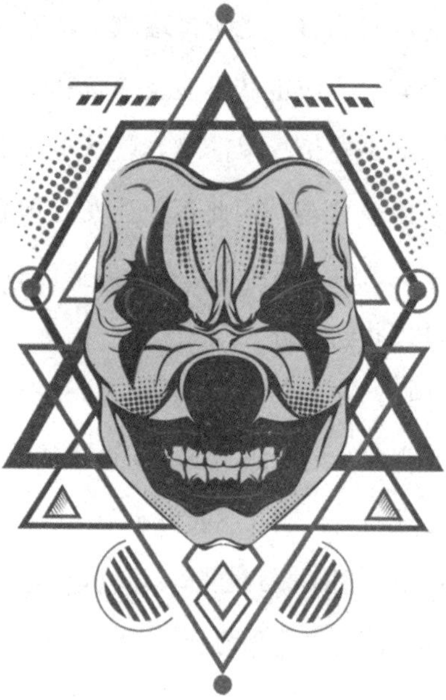

第四章
迟疑犹豫

1

"现在……你方便吗？"

鸟海欲言又止地问道。

"你有什么事吗？"

"我就是有事才特意前来的。我可没那么多闲工夫。"

"我也不闲。"

"你不是被下令在处分下来之前，只能待在家里吗？"

一瞬间，瑠衣怀疑自己听错了。

"为什么你会知道这事？"

"我有话要说，这件事也包括在内。如果你感兴趣的话，就让我进来吧！"

虽然强硬也得有度，但不可否认，瑠衣很感兴趣，她不情不愿地让鸟海进了屋。

"打扰了。"

鸟海出乎意料地鞠了一躬，走到了客厅。他眼尖地一眼就看到了诚也的遗像，但只是沉默地端坐在了前面。

看到鸟海双手合十的样子，瑠衣也不好加以制止。

当鸟海抬起头来时，瑠衣向他搭话道："那么，你告诉我，你为什么会知道我被勒令在家待命的事情？"

"那只是故弄玄虚罢了。"

鸟海满不在乎地说道。

"你的丧假都休完了。此时你还待在家中，我猜你要么是受了处分，要么是受到严厉批评在家禁闭。看来我是猜对了。"

"调侃我有什么好开心的？"

"我不编这么一个借口，你是不会让我进屋的吧。"

"请你立马出去。"

"你听完我说的，我再走也不迟。"

这就是所谓的"做了坏事还厚颜无耻"吧。这么厚颜无耻，瑠衣连反驳的心思都减了大半。

"那就给你五分钟……"

"特别搜查部的神川淳平是个文质彬彬的人吧。"

听到神川的名字，瑠衣想冲上去一把揪住鸟海的前襟。故弄玄虚和直觉都无法解释为什么他会知道这个人。

"为什么你会知道神川？"

"因为我尾随了你。"

鸟海拿出一张照片。上面拍到的是前些天，瑠衣向神川搭话的瞬间。

"从什么时候……"

"从你父亲遭人杀害之后。"

"你知道什么叫作肖像权吗？"

"说起这个的话,五分钟可不够用。连我为什么要跟踪你也一并免谈了吧。"

"……时间拖长点也可以。那你为什么会知道神川的性格?"

"因为,曾经我和他都参与了同一个案件。当时他属于特殊·直告①一组。为了揭露政治家的非法资金,神川特地千里迢迢地去了阿尔及利亚,卷入了恐怖案件。他是一位热血硬汉,因为过于恪尽职守,神川失去了许多。他很优秀这点是毋庸置疑的。事实上他就是嗅到了受贿行贿的气味,才终于找到了基层组织山治建筑。"

"神川提到,关于山治建筑的有价证券报告书上的虚假记录会继续调查,但是他们不会插手各起杀人事件。"

"特别搜查部的搜查重点在国土交通部的受贿上,山治建筑的有价证券报告书虚假记录只是旁证罢了。神川个人的职业道德暂且不论,特别搜查部是不能指望的,也没有指望的必要。"

"为什么呢?"

"因为特别搜查部在搜查之前,就已经搞清楚杀害那三人的凶手是谁了。"

瑠衣不由自主地站起身来。

"你是在开玩笑吧?"

"这不是能在你父亲遗像前开的玩笑。你不相信一个专门调查遗失物品和出轨侦探的话吗?"

---

① 特殊·直告:主要负责控告、举报案件的特搜部小组。

"可我们组那样奔波劳碌,都没有找到一丝线索。"

"习惯了统率指挥的警察就算四处奔波,破案率也不可能达到百分之百。是什么原因你不知道吗?因为警察只能采取合法的侦查手段。"

"我没理解你这话是什么意思。"

"即便对方恶贯满盈,都不允许侦查人员窃听和偷拍,通过非法手段得到的物证也不能在公审中使用。即便拿着物证去送检,只要对方搬出刑法第三十九条,侦查方就无可奈何了。"

"那是因为,如果不是遵循法律的诉讼,就没法正当地制裁犯罪。"

"正当地制裁?"

鸟海撇了撇嘴角。

"比起那个,如果你知道谁是杀害三人的凶手,请快点告诉我。"

"有些话不能在这里说。"

"这里不是只有你和我两个人吗?"

"你能断定没有隐藏式摄像头和窃听器吗?你白天又不在家。我想你也没有每天去检查是否被偷拍和偷听吧。你不会觉得刑警的家是例外吧。"

瑠衣突然涌起一股不安感,四处看了看客厅。这么说来,自己明明在别人家时会四下张望观察,到了自己家就全无防备了。

"你曾多次在山治建筑总部露脸。此外,这里还是土木科施工现场负责人的家。信息很有可能会被盗取。"

"我明白了。那么我们只要去别的地方就可以了。"

"我想要避开有人的地方。我有一个最合适的地方。"

"我要做些准备，你稍等一下。"

瑠衣中途离席，回到了自己的房间，然后她从抽屉中取出护身用的电击枪和催泪喷雾，将它们放入手提包底。对于鸟海，瑠衣还是有许多猜忌。毫无戒备地大摇大摆跟着他去，那才是愚蠢透顶。

瑠衣从卧室出来后，发现鸟海已经走出了玄关。

"走了。"

"你这样的说话方式，平时是有命令别人的癖好啊？"

"因为我讨厌磨磨蹭蹭。"

走出公寓后，瑠衣看到路边停了一辆白色的普锐斯。

"这是鸟海先生你的车子吗？"

"是的。"

"你都是私家侦探了，还开这种车吗？"

"你以为自己要坐阿斯顿马丁？不引人注目是首要条件。"

还真像个侦探啊，瑠衣对鸟海的印象稍稍有些改观了。

"你是打算不交给警察，靠自己侦查来讨伐须贝的敌人吗？"

"你有一半是对的。"

"后面的一半……"

"我刚才也说了，交给警察来抓捕的话，是抓不到犯人的。"

"鸟海你来抓的话，抓得到吗？"

"只要不是现行犯，我就没有抓捕权。"

啊，这样啊，瑠衣会意了。

在最开始鸟海说了很多,说到最后他还是希望瑠衣来抓捕犯人。即便锁定了犯人,也无法实施抓捕的鸟海,和即便拥有抓捕权,无法锁定犯人的瑠衣。如果鸟海将犯人名字和锁定情况告诉瑠衣的话,那么双方的利益是一致的。

鸟海的车在深夜的繁华街道上飞驰。

啊呀,瑠衣心想。

本来瑠衣以为二人是前往鸟海事务所所在地荒木町,但是车子并不是开往新宿方向,而是开往池袋方向。

"你不去事务所吗?"

"事务所又不是只有一个。"

最终,鸟海将车子停在了南大塚。

虽然新大塚车站一带的治安很好,但是东池袋方向的大塚六丁目以及南大塚三丁目的犯罪较多。以"闯空门"为首的盗窃事件尤为多发,另外,虽然在池袋附近,但是因为街道整体很闲静,所以感觉不到危险的气息。

在远离住宅区的一个地方,多栋混居楼紧紧地挨在一起。鸟海走进了其中的一栋楼,瑠衣隔着手提包摸了摸防身用的物品,跟在了鸟海的身后。

鸟海按了按破旧逼仄的电梯,电梯停在了五楼。走廊很狭窄,灰尘特别多。从面前数的第三个房间,鸟海停在了没有门牌的房门前,取出钥匙开了锁。

"总的来说,这里是根据地。"

瑠衣往房间里踏了一步,震惊了。

虽然房间的户型是一个房间加一个厨房，但是内部已经没有立锥之地了。布满两面墙的无数显示器和工作机器排成一排，这一大堆电脑不禁让人联想起发电厂的主控室。

"果然你还是把她带来了。"

一直背对着这边的人转过椅子，看向这边。

此人是一个年方二十左右的青年。他留着娃娃头，脸看着比瑠衣还要小。

"这是这个事务所里唯一的一个员工。"

"我叫比米仓。请多多关照，春原瑠衣。"

"你从鸟海那听过我的名字吗？"

"名字以外的事情，我也都知道哦，靠这个。"

比米仓指着身后的多个显示屏。瑠衣公寓前熟悉的风景显示在了监控中。

"喂，这个……"

"我们并不是偷拍，我们只是弄到了最近便利店安装的监控。"

"只是弄到，监控的安全性有这么松懈吗？"

"房屋外安装的监控，跟以前的模拟相机不同，现在大部分都是网络监控摄影机。"

网络监控摄影机，指的是将拍到的录像通过网络传给数字录像机的总称。各摄像头都有各自的 IP 地址，具备能够转发录像的网络服务器功能，也被称作 IP 相机。和此前的模拟相机相比，其像素更为清晰。因为近来其性能不断提升，所以即便是晚上也能清晰地拍到车辆号牌，因此作为防控的需求大幅度提升。

但是，从旁接收发射电波，并不像比米仓说的那么简单。换言之，比米仓的监听技术要破解好几层安全网。

"你这个，违反了电波法吧。"

"等一下。"

比米仓正要逼近瑠衣，被鸟海给制止了。

"比起违反电波法，你不是更想听恶心的犯罪内容吗？"

"即便是警察，也能拿到监控录像。莫不是，你们已经锁定了犯人吧？"

"对这个小哥而言，无线监听就像呼吸一样，能够发挥他本领的就是锁定者这个角色。"

瑠衣目不转睛地盯着比米仓。

瑠衣是最近才知道锁定者这个职业的，这不是一份正经职业。其工作内容是从发帖者发布在社交软件上的帖子和图像中找出个人信息。当然，不仅仅是找出个人信息。因为要将这些个人信息卖给有需要的人，锁定者必须提供同等价值，因此成了"个人信息数据库非法提供罪"的打击对象。

但是，比米仓就算站在瑠衣面前也毫不发怵。鸟海作为事务所所长，竟然敢雇用这样一个无法无天的家伙吗？

"无论是无线监听还是锁定者，最终都属于违法行为吧。"

"顺带一说，因为总是会入侵到各种数据库中，所以也违反了《非法连接禁止法》。"

"如果可行的话，我要把在场的二位给抓起来。"

"你是为了知道杀害你父亲的凶手才来到了这里。在这里，即便你摆着一副刑警的架子,也没有一点好处。倒不如说,你只是白白浪费了讨伐凶手的机会。"

鸟海仿若看透了瑠衣的想法似的,将眼神望向这边。尽管瑠衣怒不可遏,但是在这种情况下也只能偃旗息鼓。

"你先坐下。如果你一直这么站着,小哥也没法静心工作。"

"是的,相当碍眼。"

慑于比米仓爽朗的挖苦,瑠衣不情不愿地坐到了就近的椅子上。这椅子有点像电竞椅,坐起来感觉不差,至少比摆放在刑警室的办公椅高档得多。

"我会按照你能听懂的顺序进行说明。"

这措辞令人心生不爽,但因为这是鸟海的一贯本性,所以瑠衣选择了忽视。

"在此之前,请你告诉我你们的真面目。私家侦探什么的,不过是个对外的招牌吧。"

"名副其实,我的职业就是侦探。不过,在收集信息上,我需要借助比米仓小哥的力量。出轨调查什么的,比起实地调查,通过安装在情人旅馆附近的监控追踪起来是最快的。如果委托调查者上传图片到社交软件上的话,那么就能得到物证,锁定出轨对象以及场所。"

"大家都没什么防备心。在拍摄上传到社交软件上的图时,他们不留意周边情况吗?一定是兴奋不已,所以放松警惕了吧。"

"须贝的死,我始终不认为是意外死亡。我跟他接触过,知道他是一个非常认真的人。所以我知道作案动机不是出于怨恨。在同一公司的资材科科长死亡，可以推测出与公司有关。但是，虽说他是我去世的朋友，但我也不可能让你带我去公司里面。"

"因为没有搜查权吧。"

"这方面你们倒是得天独厚的。虽说如此，如果你找不到一个物证，那就是光拿薪水不干活了。"

虽然瑠衣怒火中烧，但是也没法反驳。

"我们这边从最开始就是在法律边缘游走。如果被杀害的是资材科科长和会计科科长，那么可以推断出是与进货有关。因此，我们入侵了山治建筑的主机，无一遗漏地找了与会计有关的文件。我们完全猜中了，交货的建材和工地的工序说明书截然不同。在抗震性不出问题的范围内，钢筋数量变少了，水泥质量也下降了，是典型的施工费弄虚作假了。正儿八经地来说，就是提交给委托人的东西和实际的规格明细完全是两码事。"

这意味着神川全猜中了。

"施工费造假是从四年前的四月开始的，余出的金额总计是三亿多日元。这对于大型建筑公司的干部而言，也是一笔非常可观的数额。不过，实际接手业务的人是否认同就另当别论了。不论是藤卷亮二，还是须贝谦治，以及你父亲，他们都是对公司忠诚，且拥有职业道德的人。如果一直在施工上造假的话，那最终对公司的忠诚和职业道德就会开始相悖。"

"是谁指示施工费造假的？"

"你等等，我说了我会按顺序说明的。恐怕最先向指挥者表示反对并提出谏言的人是藤卷吧，说什么不能继续造假什么的。而对于指示者而言，知道资材进货的一切情况的藤卷，如果向警察或者检察部门举报，那么一切就会鸡飞蛋打了。"

"因此遭人灭口了吗？"

"指示者在下决断之前，心里也许曾犹豫过，但是最终还是得出这么一个结论。他认为如果藤卷变成死人的话，那么剩下的两人就会保持沉默。但是，无论是须贝，还是你父亲，都不是那样的家伙。"

"不管是你所知道的须贝，还是我所知道的父亲，事实确实是如此。但是，这并非客观的。对于局外人而言，我们还是没有走出想象的范围啊。"

"只是想象的话，我是不会得出这个结论的。喂，你给她放一下录音。"

"收到。"

比米仓按照鸟海的指示，操作起眼前的电脑来，并随手扔了个头戴式耳机。

"你先戴上这个。这个房间虽说也做了隔音，但我还是不想随便漏出声音。"

耳机收音收得比较紧，瑠衣在网上看到过多次。这是一款音乐人在录音棚录音时，一定会佩戴的监听耳机。

耳机里传出山路领平的沙哑声。

"……虽然这两人都对公司做出过重大贡献。但是，他们说要去举报，那就没有办法了。"

"这是窃听吧。"

"不愧是会长室,我们完全潜不进去。这是我们在对面的大楼,使用高性能收音麦克风录到的。"

"……不是有个'挥泪斩马谡'的故事吗?这次情况完全如出一辙。如果没有大型订单,业绩就会下滑。为了保障员工及其家人的生活,我也只能做出这个艰难的决定了。"

山路领平用一种阴沉的语调说着,听得瑠衣怒火中烧。父亲他们都是因为公司的业绩牺牲的,将这说成"没有办法",这算什么屁话!

"昨日的葬礼上,春原科长上前顶撞。在此之前我也劝了他几次,要他为同伴着想。这次是到了我忍耐的极限了。虽然我和春原科长经常一起喝酒,但这也是没有办法的。"

什么叫"没有办法"?!

"……啊,那就按照一贯的手法去处理吧。那个男人,他是一直在现场盯着的。如果是在施工现场出事,那是最自然的,他本人也一定是这么期望的。那么……"

这之后,声音就断了。

瑠衣取下耳机,重新望向鸟海两人。

"请提交录音数据。这是确凿无疑的教唆杀人。"

"哪儿呀?'挥泪斩马谡''按照一贯的手法去处理'什么的,并不是明确的杀人指示。如果是本领过人的律师,轻而易举地就能化解掉这个危机。最重要的是,这也不是合法得来的证据。我要说几次你才懂。"

"即便不是公审,也能成为定罪的证据。"

"你不要小看法庭。录音数据作为证据被正式采纳是最近的事情。这么不确定的内容,最终是没法成为证据的。"

"但是……"

"你给我稍微冷静点。这不就是你被上司训斥的理由吗?你父亲看到现在的你,会失望的。"

被泼了一盆冷水后,瑠衣默不作声了。

"正如你所听到的,山路会长的指示造成了这三人的死亡。那么,我在想实施杀人的究竟是谁。"

"是与山治建筑有关的反社会势力吧。"

"在不久之前,那些脏活还是那些家伙的专利,但是现在情况截然不同了。如果山路会长拜托他们杀人,就相当于留了把柄在他们手上,日后很容易被恐吓。如果是拜托杀人,会选择值得信任,能坚定地执行自己命令的人。"

"难道是秘书妻池吗?"

"哦,你的直觉倒是够灵的嘛。"

"这是个普通人啊。"

"你猜错了。即便是普通人也能杀人。反过来说,并非暴力团的所有人都会杀人。"

"但是,只根据受会长信任这一点证据来锁定犯人,有点过于草率了。"

"我说了,那些东西不是证据。我只是在说我的揣测。"

在一旁听着的比米仓认同地点了点头。

"我揣测的根据就是妻池的行动。比米仓,你放给她看。"

"好的。"

比米仓敲打着键盘，画面中出现了一张看起来具体到每一分钟的行程表。

"这是三件事情发生时，妻池所在的地方。"

"你们是怎么弄到这个的？"

"现在的手机几乎都带有 GPS 定位功能。因为如果不知道当前位置，就无法前往目的地。如果是匿名状态的话，那么我们就能得到手机位置数据。匿名位置数据不算是个人信息，通信公司是能提供的。之后，如果知道使用人的手机邮件地址，追溯过去就能得到位置信息。"

"一般情况下，锁定邮件需要好几个月的时间吧。"

"因为通过正规手续，需要一个一个地去法院申请许可。但如果跳过这些环节，只要半天就能完成锁定工作了。"

比米仓带着得意的声音说道，但有一半内容都没有传到瑠衣的耳朵里。

- 六月四日晚上七点二十分，港区西新桥路岔口
- 六月十九日晚上十一点三十五分，千代田区麹町半藏门地铁站
- 七月二日下午一点十分，丰岛区巢鸭白山路

看着看着，瑠衣的呼吸都要停止了。这不是和犯罪现场以及死亡推断时间都一致吗？

"我们找到妻池的手机定位信息,发现他当天就在发现尸体的案发现场。如果只是一次还情有可原,但是三次他都在场的话,就不能说是巧合了。不仅是这样,作为会长秘书的妻池为什么会去施工现场,这还用说吗?肯定是为了将你父亲纳入视野。"

"但是,他是怎么做到的。钢架从吊了四根的吊绳上滑落了。操作起重机的不是妻池,而是一位叫作楠木的操作员。"

"妻池也有架式起重机的司机资格证。"

"诶。"

"妻池并不是一进公司起就跟在会长身边做秘书,他最开始是在施工现场工作,资格证应该就是在那时获得的。在那期间,妻池的管理能力和事务处理能力得到了会长的赏识,之后就转到了秘书科。"

如果入侵总部的主机,就能轻易地拿到妻池的人事调动信息。

"那个叫楠木的操作员,从中午开始就和同事去午休了,复工是在下午一点。那时,妻池在做什么呢?如果能操作起重机的话,那也能事先挪开钢丝绳。显然,他计划让钢筋穿过防护板,落到你父亲所站的位置上。"

"存在问题的起重机引入了 AI,工作状态会被逐一记录下来。鉴定科即便确认了,也没能检查出哪里不对劲。最重要的是,你确信能命中吗?概率并不是百分之百。"

"记录什么的,如果拥有操作主机的权限,那无论如何都能做手脚。而且,就算是失败了也无所谓。只要目标经常出现在视线范围内,那么机会怎么都会来临。藤卷和须贝都是那样死的。盯住对方,然后等待着时机到来。妻池的犯罪风格一贯如此。"

"但这也只是间接证据。"

"因为他们似乎是为了不留下物证而采取的行动。证实妻池是执行人的旁证还有一点:他开了一个网上账户,我让小哥破获了妻池的银行流水记录。一查发现,在三人的尸体被发现的第二个工作日,那个家伙的银行账户每次都有一笔五百万日元的转账。也就是说,这是特殊奖励。从谁那里得到的、什么性质的奖金,我不说你也明白。"

每一个人是五百万日元。

一条人命就这么廉价?山路会长除了利用妻池对他的忠诚外,还通过报酬来操纵妻池吗?

"请把搜集到的所有信息都提交给警察。"

"你好啰唆。就算做了这些,也很难制裁山路会长和妻池的,因为物证为零。如果他砸钱聘来优秀律师,那我们几乎没有胜算可言。在东京律师协会里就有收了钱、无论多么棘手的官司都可以打赢的律师。"

"那么,你为什么又要特地告诉我谁是犯人呢?作为警察的我什么也做不了。"

"因为你是春原诚也的女儿,我觉得我应该告诉你。"

鸟海的语气中蕴藏着一股危险的回响。

过了一会儿,瑠衣意识到了——

鸟海为了报朋友之仇,调查到了这个地步。但是,这并不是为了将信息交给警察。

"鸟海先生。"

"什么事？"

"你不会是想通过非法手段去给须贝先生复仇吧？"

一瞬间，鸟海陷入了沉默，目光在瑠衣身上停留了片刻。既不是恐吓，也不是嘲笑，他只是用一种怜悯的眼神望着瑠衣。

瑠衣感觉无须确认也心知肚明。

果然，鸟海打算通过自己的双手埋葬山路会长。

"鸟海先生，动用私刑是犯法的。"

"这点我当然知道。"

"请你别这样做。"

"你似乎看出了我想找会长他们复仇，不过你乱猜也得有点分寸，好不好？"

"'他们'？你这话的意思是，不只是找山路会长一个人复仇？"

鸟海咂了咂舌头，避开了瑠衣的眼神。

"我没有什么特别的意思，我只是一介侦探，能做的也只有调查了。"

"如果你觉得警察靠不住的话，至少请你把信息提交给东京地方检察特别搜查部。"

"我应该已经说过了，特别搜查部终归是以国会议员的行贿受贿为主，他们不会花心思在杀人事件上。就算在法庭上摆了这些不被采纳的物证，事情也不会有任何变化。即便神川本人值得信任，特别搜查部也不能信任。"

"法官就这么不值得信任吗?"

"是啊。所以……我不干警察了呀。"

"啊啊!"比米仓发出泄气的声音。

"所以我之前就说了,无论你对公务员说什么,都是无济于事的。"

"好烦啊。"

鸟海制止了比米仓后,向瑠衣这边转过身来。

"你也是当刑警的,知道'一事不再理'①原则吧。"

一旦刑事案件得到了判决、裁定,不允许再对同一案件进行审理。这是宪法第三十九条规定的刑事手续上的原则。

"就这么一丢丢间接证据,就算强行起诉,也会在公审中输掉官司。山路领平和妻池东司被关进看守所也只是暂时的,他们仍然会大摇大摆地回来。虽然杀害了三个人,但是他们不会受到任何惩罚,依然能逍遥自在地回归他们曾经的生活。即便这样,你也没关系吗?"

当然不会没关系。但是,身为警察的瑠衣无言以对了。

"我只要想到杀害须贝的人被无罪释放,过着安逸快活的生活,就会变得暴躁。那你呢?"

"即便是我……"

---

① 一事不再理:又称禁止重复起诉原则,起源于罗马法的诉权消耗理论。即对已经发生法律效力的判决、裁定的案件,除法律另有规定外,不得就同一事实再行起诉和审理。此原则也适用于已经起诉或者正在审理的案件。

瑠衣本想说自己会变得无法冷静,但这番话并未说出口。因为自己还没法抛弃掉职业道德。

"话虽如此,但在法治国家动用私刑……"

"你都说到这份上了,还要扯那种场面话吗?我问你,这么一个法治国家有这些不会受到制裁的恶棍,这究竟是为什么?"

瑠衣语塞,说不出话来。她能够挂在嘴边的只是一些场面话。明明知道杀害父亲的凶手是谁,却必须把案子委托给注定会失败的法官身上。但若是由自己来进行复仇,那她就不能再当警察了。

"个人的复仇只是单纯的犯罪,犯罪了就必须抵罪。你不觉得为了替死者报仇而抵罪是一件很不划算的事情吗?"

"虽然山路领平和妻池东司杀害了三个人,却没有赎任何罪。你说的完全是一些漂亮话。如果法律不能制裁他们的话,那么就必须由别人来制裁。如果你不喜欢'制裁'这个词,那么换成'干掉'这个说法也无妨。可以吗?妻池没留下任何物证,就这么埋葬掉三个人。谁规定妻池可以做,其他人就不可以做?"

鸟海抑制住感情的语气听起来反而更加凶恶了。

"鸟海先生,你是说你也可以像妻池一样,在不留下任何证据的情况下把他们都给干掉吗?"

"如果这就是你所说的正义,那么永远没法报三个人的仇。"

虽然鸟海的回答很含糊,但鸟海丝毫没有打消掉犯罪的念头。

"你是要报须贝的仇吗?你们之间不只是一段孽缘吗?"

"……他是我的恩人。"

鸟海低声说完,就似乎不想再继续说下去了。

"话就说到这里了。"

瑠衣只好离去。

2

次日,瑠衣像往常一样去上班,宍户依然板着个脸等着瑠衣。

"处分还没下来。你今天就在办公室待到下班,一步都不能迈出去。"

正好有东西要查,这可以说是雪中送炭吧。

受害人须贝的履历已经在侦查资料中了。如果追溯到和鸟海相识的学生时代,也许就能知道两人的缘分究竟是怎么一回事了。

须贝出身于静冈县的盘田市,在老家一直待到高三毕业。瑠衣去找了与他有关的资料,没过多久某件事就浮出水面了。

三十八年前,在须贝和鸟海还只有十四岁的时候,他们中学的社团去天龙川上游漂流,玩得正尽兴时,其中一人突然掉进了急流之中。因为前日下雨,河流的水势大涨,那水势大到即便是游泳健将都有可能被冲走。

掉入急流的中学生扑腾挣扎,周围的人都只是在一旁看着。在他正要被冲走之时,其中一个旁观者下定了决心,跳到了急流之中。

救人持续了十五分钟,被冲到水中的中学生九死一生,被救上来了，但是救人一方也喝了不少河水。两个人关系很好，一同被救护车送到医院，又于同一天出院。

被冲进急流的是中学生鸟海，而救人的是须贝。

瑠衣弄懂了"恩人"是怎么一回事了。鸟海被救出后，两人之间是如何相处的虽然只能靠想象，不过瑠衣理解了鸟海的执着。

鸟海本人不想明说，但是鸟海确实有杀掉山路会长的意图。瑠衣完全不认为鸟海的言行举止是在开玩笑。

但是，瑠衣什么都做不了。

在犯罪还未发生的节点，警察似乎不会采取任何行动。虽说可以通过跟踪来防患于未然，但也不可能拘禁带着杀意却还未犯罪的嫌疑人。如果可行的话，可以劝说本人放弃实施犯罪，但是这似乎对鸟海没用。

最重要的是，瑠衣自己的心在动摇。

个人的复仇终归是不被允许的。但是，又恰如鸟海指出的，这只不过是场面话罢了。对于所爱之人无端遭人杀害，遗属对凶手的复仇之心是不可否认的。现在，瑠衣的心中塞满了阴暗的想法。

昨晚，瑠衣一直犹豫是否要将从鸟海那里听来的事实告诉宍户和志木。作为警察，她是有义务将自己所知道的事实报告出来的。但是，即便由宍户他们去推进，也无法断言能否找得到物证。如果如鸟海所担心的那样，如果材料不充分就去起诉，在法庭上会输了官司。之后也许就再也不能问罪山路会长了。

不，不对。

瑠衣的心中还有另一个自己——认同个人去复仇的自己。她低声命令道：别开口！

从昨晚开始，警察和诚也女儿这两种身份就在反复撕扯。虽然瑠衣已经意识到自己的脚跨进了危险的水域，但是她对山路会长和妻池却是深恶痛绝。

瑠衣很惊讶，自己的守法精神竟然如此脆弱不堪。她厌恶自己厌恶到要吐了的地步。

"你今天没什么精神啊。"

突然有人和自己打招呼，瑠衣哆嗦了一下。

"志木。"

"怎么看，你都不适合待在办公室啊。"

"进展如何了？"

"不尽如人意。"

这既不夸张也不搪塞的话，反而让瑠衣很感激。

"虽然我们调查了钢架掉下时的情况，但是因为没有找到钢丝绳被人动手脚的痕迹，所以目前只有司机过失这条线索。"

"复工前所有人都去午休了。或许有人瞄准了这个时间点，去挪开了钢丝绳？"

"这也是有鉴定报告的。即便分析了工作记录，也没有找到异常行为。"

"所以，有可能是拥有主机权限的人篡改了记录。"

"你这么一说，那什么可能性都有。"

志木呆呆地看着这边。

"电脑中留存的记录是可以做证的，弄不好作用还超过了目击证言。如果怀疑那些记录的话，那么大部分侦查资料都没有什么意义了。你究竟是怎么想到这种可能性的？你是有什么根据才这么说的吗？"

"不是……"

"没有根据的思考，那就是妄想。别想那些了。"

志木说的也符合常理。因此，瑠衣反而更加着急了。

"因为东京地方检察特别搜查部也参与进来了，所以我怀疑整个公司都参与了犯罪。但是，如果是杀掉营私舞弊的会计，性质就截然不同了。篡改账簿上的数字和夺去人命，即便是同一种犯罪也是云泥之别。"

不用说大家也心知肚明。但是，也存在认为这两种行为性质一样的员工。

"因为你不参与侦查，所以我也能理解你会产生这么离奇的想法。不过，你要克制一下自己。如果妄想加剧，你就不再是刑警了，单纯只是一个阴谋论者了。"

这不是妄想，明明有教唆犯的声音记录和给执行人的汇款记录。

"你的处分还没有定下来吧，那你先老实待着。如果受到了批评的家伙还那么招摇过市的话，下处分的人面子会挂不住的。"

"是为了上司吗？"

"失了面子的人会转而采取更为严厉的态度。这是为了保护你自己。"

志木的建议非常有道理，没有反驳的余地。稍做思考就能明白，瑠衣烦恼的都与违法行为有关，是不可能敌得过志木循理的正论的。

正论总是正确的。

但是，正确之事和所期望之事往往不是一回事。对于如今的瑠衣而言，没有比正论和正面攻击更靠不住、更令人失望的东西了。

瑠衣动不动因为对山路会长和妻池的憎恶而停滞思考，她一边继续思考，一边继续工作。

然而，她再一次陷入恐慌状态。瑠衣在休憩时间在网上搜索与山治建筑相关的新闻，结果不是在社会版面，而是从经济版面跳出了这么一个标题："山治建筑业绩上调。"

报道如下。

"山治建筑公布了十月份至次年三月份的中期财务数据。在东证[①]一部上市的山治建筑早早就上调了预期业绩。在期初[②]1美元能换110日元左右前，根据日元贬值、美元升值的趋势，山治建筑保守地提出了预想业绩。但是随着四月份残奥会等相关大型公共项目的追加订单，日元换算的基本利益可能有所提升。因此山治建筑上调了预期业绩。

---

① 东证：全名东京证券交易所。
② 期初：指一个会计周期的开始时期。

"最近，有八成的企业已经在中间节点收益超过了预期业绩，因此，最后业绩会增长得比预期更多。换言之，中期财务的业绩向上调整，说是企业自信的表现也不为过。集团投资者和个人投资者都会看好山治建筑之后的股票。"

读着读着，瑠衣怒火中烧。

这报告里提到的大型公共项目的订单就是用施工费造假产生的黑钱去拉来的。并且，为了掩盖黑钱，山治建筑杀害了诚也等三人。换句话说，是牺牲了三个人，业绩才能向上调整。

不知不觉中，瑠衣握紧了右手，拳头朝键盘抡了下去。

伴随着轻快的声音，按键弹飞了。

等瑠衣神志清醒过来时，数十个按键散落在办公桌上。刑警室的同事都狐疑地盯着这边，纳闷这边发生了什么。瑠衣慌忙缩起身子，但是，从心底腾起的愤怒冲到了头顶，无法消除。

"怎么了？春原。你电脑上是掉了什么东西吗？"

同事面带担忧地赶了过来，瑠衣向他们赔笑以示歉意，然后她再次陷入自我厌恶中。

这是个什么世道啊。

忠诚不渝、认认真真、对待工作一心一意的人遭到无情杀害，而另一边清除异己的组织和站在顶端的人却受到称赞、财运亨通。

瑠衣将飞散到四处的按键恢复到之前的样子，但是因为懊悔和痛苦，眼泪又要溢出来了。

如果在这里哭，自己会更加悲惨。瑠衣只能拼命地压抑自己的感情。

3

这天下午，瑠衣的处分正式下来了。

"本部长警告。"

在办公室内传唤的宍户用一种安心的语气说道。这种安心是因为直系下属不是受惩戒处分，而只是受到了内部规章处罚吧。

即便说是本部长警告，也不是像所属部门的部门长警告那样靠口头传达。本部长警告需要将部长做好的警告处分报告交到受处罚的警察手上再进行警告。不过，两方都需要将事情经过及内容记录刊登在警告簿上，再迅速报告事由。

"你得感激这次处罚得轻。"

宍户不开心地说道。虽然瑠衣不觉得是因为宍户的呈报减轻了处罚，但瑠衣还是有些难为情。

瑠衣正要礼貌地鞠躬致谢，却被宍户给拦住了。

"不用言谢，我并未为你恳求过减刑。其实，我希望惩罚能再加重点就好了。"

"你对直系下属还真是严格啊。"

"如果这次从轻处罚，那你也许还会再次闯入山治建筑。如果是那样的话，连减薪和停职处分都挡不住了。"

瑠衣感到十分意外，宍户一直在用他的方式护着自己。

"我之后不会再胡来了。"

"你说的话靠不住。"

"请稍微相信一下我。"

"你作为刑警,是可以相信的。但你作为受害者的家属时,无论如何我都无法相信你。你被私人情感支配时,行为可能会失控,搞不好会妨碍到侦查。"

"对不起。"

"与其现在道歉,还不如最开始就别这么做。不过就算我这么说也没什么用了。"

宍户板着脸的表情变成了怔怔的样子。

"负责案件的刑警的至亲成了受害者,这情况并不常见,我们也没有接受过这样的训练。但这是两码事。在这件事情上,你的所作所为完全是不合格的。你应该懂吧,从今以后你也不能参与到山治建筑案中来。在其他命令下来前,你就待在办公室工作吧。"

"遵命。"

瑠衣的声音细若蚊吟,低不可闻。

昨日之前,即便被宍户严令禁止,自己也只是在阳奉阴违而已。如宍户所言,父亲遭人杀害,瑠衣没有信心自己能不顾私人恩怨去推进侦查。

但是,在明白了鸟海的想法后,她就不能随性而为了。有必要在冷静地把握情况后,再去推进侦查和调查鸟海的动向。

"你回去吧!"

瑠衣向宍户鞠了一躬后,离开了宍户的房间。

刑警办公室里，志木正等着她。

"情况怎么样？"

"本部长警告。"

"这处分比我想象的要轻呀。至少不是被开除，虽然多少会影响到升职。"

"你是想安慰我，还是想打击我，都随你的便。"

"你只被扣了这么点分，之后只要破案率提上来，就可以回到原样了。别往心里去。"

即便直属上司对自己严肃以待，还是会有同事来安慰自己。如果在平日，瑠衣一定会感恩能够拥有这么理想的职场环境，但是现在的瑠衣完全没了这份心情。

"上面说在其他的命令下来前，我都得在办公室里做内勤工作。"

"真羡慕你啊，暂时都不用到处跑了。这种机会不多的，你要好好地保存体力。"

志木似乎是为了问瑠衣本人的处分情况才一直待在办公室里的。说完这些话后，他就离开了。环顾一周，办公室里只剩瑠衣和几个在工作的同事。

虽然瑠衣感觉自己很孤立无援，但是当下这种情况对瑠衣来说是有利的。她求之不得能有个继续做内勤工作的指令呢。

瑠衣差不多整理完指定的侦查资料后，便开始寻找之前的事件记录。她要找的要么是受害者死亡后就送检的事件，要么是被怀疑的嫌疑人死亡的事件。

虽然无法明言，但可以推测出鸟海会去杀掉山路领平和妻池东司。但是，无论是鸟海，还是比米仓，瑠衣都感受不到他们接下来要杀人的兴奋感与恐惧感，这是怎么回事儿呢？瑠衣正思考着，不一会儿就得出了一个恐怖的假设。

鸟海他们并不是第一次杀人。

瑠衣回忆起在第二个事务所里看到的那么多的设备和比米仓冷静的样子，很难消除他们是惯犯的印象。鸟海和比米仓缺少一股兴奋感和恐惧感，不就是因为对杀人已经习以为常了吗？无论是入侵监控，还是安装那么多的窃听设备，作为出轨调查的手段来说，都有点小题大做了。最重要的是，他们的投资和出轨调查的报酬是对等的吗？

鸟海有极大的概率曾经杀过人。而且，假定他们二人已经杀过人，那么按照比米仓的年龄来推断，再久也是五年之内发生的。没过几分钟，瑠衣就搜到了三个符合条件的案例。

第一例是四年前的五月发生的案件。在一个叫三轩茶屋的地方，有一家四口惨遭杀害。案中死去的父亲的弟弟被列为嫌疑人。但是，在警察着手侦查工作前，这个嫌疑人就逃之夭夭不知去向。因为当时留在现场的物证太少，所以未能及时锁定嫌疑人。在没有物证的情况下，警视厅破例派出一千多警力来寻找嫌疑人，但是嫌疑人杳无音信。警视厅认为嫌疑人易装的可能性很大，于是发布了多种类型的通缉照片。次日，嫌疑人上吊的尸体被发现。侦查总部只得以嫌疑人死亡的情况进行送检。

第二例是三年前的一月，在八王子市内的路岔口发生了一起事故。七十九岁的原高级官僚所开的油电混合车在快到路岔口时突然加速，撞翻了好几个在人行道上走着的行人。这起事故导致包含一名小学男童在内的三人死亡、四人受伤。

当地警署虽然逮捕了开车的原高级官僚，但是该男子提出是车子出了故障，而非自己的操作失误。

受害者们伤亡惨重，嫌疑人不负责任的说法因此引爆了公众的愤怒情绪。但是该男子在交了几百万日元的保释金后就被轻松释放了，他甚至还说要为长期的法庭斗争而养精蓄锐。但是，他最终没有机会在法庭上打官司了。在被释放的当天夜里，这个男子被家人发现死在了浴缸中。该男子的尸体上没有外伤，也没有中毒的痕迹，赶来的验尸官只报告了该男子是因热休克引起的心肌梗塞而死亡的。

第三例是去年六月，起因是偶像艺人自杀。在偶像团体中是主将的A跳入铁轨，离世而去。根据艺人留在家中的遗书来看，可以得出她是在社交软件上受到了黑粉的诽谤中伤，罹患了精神疾病。在遗属控诉揭露了对死者进行诽谤中伤的男子信息后，之后警察以教唆自杀的嫌疑对该男子进行了逮捕。

但是，该男子在网上发布的内容是否属于教唆自杀的范畴还存在疑点。他发布的内容中没有"去死"这样直白的煽动字眼，最终得出的结论是一切都取决于A自己的理解方式。其中，精明能干的辩护律师也左右了案件的审理结果，司法人员预测最终会以损害名誉罪或侮辱罪对该男子进行处罚。

其后，A的遗属、粉丝们开展了与赦免请愿运动相反的严罚请愿运动。换言之，这是法庭大概率不会给该男子判重罪的缘故。

最终，在一审中自杀教唆的主张被否决了。检察方虽然立即在第二日进行了上诉，但是所有人都明白，在上一级审判中推翻该判决的概率微乎其微。在大家都失意和愤懑着的次日，该男子在上班高峰期从地铁站的站台跌落，被驶来的电车碾成了肉泥。该男子和A都死于同一种方式，大家的恨意消退了下来，认为这是因果报应。

但同时还发生了一件奇怪的事。在事故发生的瞬间，车站内所有的监控全部停止了工作。因此，该男子跌落的瞬间并未被拍到，究竟是死于事故还是自杀，或是遭人谋杀，我们都不得而知。

瑠衣在看各个侦查记录时，强烈感觉到事件背后有鸟海的存在，第三个案件尤为明显。明明没有停电，但是车站内的监控却全都停止了工作，这在一般情况下是不可能发生的。

瑠衣越想越觉得有第三者抱着某种目的入侵了管理系统，该人在入侵了管理系统后使监控无法工作，而拥有如此高水平技术的人寥寥无几。但是，如果是比米仓的话，则是有可能做到的。

粗略看完一遍的瑠衣注意到自己的呼吸都要停止了，心脏"扑通扑通"地乱跳。

"如果法律不能制裁他们的话，那么就必须由别人来制裁。如果你不喜欢'制裁'这个词，那么换成'干掉'这个说法也无妨。可以吗？妻池没留下任何物证，就这么埋葬掉三个人。谁规定妻池可以做，其他人就不可以做？"

瑠衣又回忆起分别之际鸟海所说的话。那并不是因为愤怒才口不择言的。

这是只有他们才知道的犯罪宣言。

死去的嫌疑人们遭到遗属的憎恶，受世人痛斥，并且在当下的司法体系，是不会被立即处以极刑的。弄不好的话，还能通过判决"洗心革面，重新做人"。

鸟海他们不就是制裁法律所不能制裁的复仇代理人吗？

瑠衣全身颤抖不已。

当然，颤抖是因为恐惧，但不仅是因为恐惧。

颤抖还来自这样的期待：鸟海他们是完全有能力对山路领平进行复仇的。

下班后，瑠衣去了入谷。此行的目的是见藤卷亮二的亲属。

自从上次见面后，她就一直未曾见过佳衣子和律。自诚也遭人杀害之后，瑠衣忙于自己身边的事情，都无暇想起她们。

平心而论，瑠衣无法掩饰对鸟海他们作为复仇代理人的困惑。虽然否定他们的存在以及行动理念是极为容易的一件事，但在另一方面，自己也会在恶人得到惩罚后拍手称快。正因如此，在有了杀害藤卷的凶手头绪的当下，自己才想要再次去听一下遗属的看法。尽管探测佳衣子和律的想法有点卑劣，但是自己一个人很难决定正邪。

入谷的住宅区寂静无声。藤卷家门前贴的"忌中"的纸已经被撕掉，那是时间流逝的证据。

只有律一人在家。

被带到客厅时,瑠衣注意到藤卷家中飘荡的寂寥之感。这并不是律一个人留守家里的缘故,而像是一种失去了本该存在的亲人的空虚感。

"久疏问候。请允许我上根香。"

在问对方事情之前,先要拜祭一下死者。在藤卷小小的佛龛前,不知为何眼前竟浮现出了父亲的容颜,瑠衣为此心痛不已。

也许是已经知道了瑠衣父亲离世的消息,律在一旁静静地守望着。

"佳衣子是出去了吗?"

"我妈在打工,还没回来。"

"你妈妈是从什么时候开始工作的呀?"

连续被问了几个问题后,律略微低了点头。

"我爸头七过后,我妈就到处看招聘广告了。虽然她面试失败了四次,但是在第五次被一家深夜可以打零工的超市给录用了。"

"那,你们有没有买什么保险之类的东西。"

由于诚也给自己买了保险,瑠衣不小心就问出了口。虽然说出去的话没法收回,但是律连眉头都没皱一下。

"保险当然是买了的,但是我们买的是存款类的,保险期限很短。那点钱是不足以让我们母女过上无忧无虑的生活的。"

在藤卷的遗像面前谈钱真是令人难过。虽说二人都经历了同样的事件,但是律对瑠衣说起家里的财务情况是那么地迫不得已。

"我妈绝对是打算供我读到大学毕业的,因为这是我爸的期望。所以她才必须去工作。"

虽然从山治建筑那里拿了丧葬费,但是一律都是十万日元,这点钱简直是杯水车薪。即便藤卷为公司鞠躬尽瘁,但是人一去世就只留下了一对孤儿寡母。可以预见的是,如果母亲没有工作,那么就算有抚恤金,生活也迟早会陷入困窘。

"我们之前是依仗着我爸的工资活着的,我到此时终于对这个事实有了实感。我爸死后我才意识到这点,我是多么不孝啊。"

"你不要太责备自己。"

"我好恨我自己,非常恨。"

突然律的语言变得尖锐起来。

"我妈在拼命努力,而我却什么也做不了。即便是晚饭,都是我妈事先给我做好的。早晨也是她早起给我准备的早餐。我什么忙都帮不上。"

"小律,你现在还是学生,没有必要太过担心这些。"

"和学生、未成年没有任何关系。"

律的语气变得越来越可怕。

"迄今为止我一直依赖着我爸,我爸死后依靠着我妈。我真觉得自己一无是处。"

如果是那样,那更应该满足父母的期望努力学习。瑠衣想这样说,但最终把话吞了下去。

"春原阿姨,犯人还没有被抓到吗?"

"很不凑巧,由于我是事件的关联者,所以无法直接参与侦查工作。现在,我也不知道事情进展的详细情况。"

看到律叹息的样子，瑠衣最终没有告诉律侦查已经搁浅的事实。

但是，律似乎对瑠衣的回答抱有不满，望过来的眼神很凌厉。

"意思是有可能就这么放任着杀人犯不管了？"

"按现在的情况来看，什么可能都有。"

"那我绝不同意。"

律的声音带着颤抖，这比尖叫更触动人心。

"如果侦查就这么不了了之，那我一辈子也原谅不了警察。"

仿佛自己也被责备了般，瑠衣感到无地自容。接下来瑠衣说的话有一半是因为自责。

"这个世界上有法律制裁不了的犯罪，有即便案件受理了但遗属依然会感到遗憾的判决。如果犯人被锁定，你打算做些什么呢？"

"那不是明摆着的吗？"

律露出凶残的眼神。

"如果可以的话，我想亲手终结那个家伙。"

果然会这么回答啊。

瑠衣同时感受到了绝望与安心这两种情绪。一方面对还是学生的律抱着复仇的心感到黯然神伤，另一方面是自己也有着同样的心理。

不，不能这么蒙骗自己。

因为自己是想从律的口中听到对犯人的千仇万恨。如果连乍一看弱不禁风的律都带着复仇之心的话，那么自己想去埋葬山路领平和妻池又有什么不可以的呢？

下一秒，瑠衣就慌忙打消了这个念头。

律带着的一腔复仇之心不是自己可以去惩罚山路领平和妻池的理由。律只是个普通人，而自己虽然居于底层，但也是属于司法体系的人。就律而言是情有可原的事情，在瑠衣身上并不适用。

突然，律向瑠衣问道。

"春原阿姨，你父亲也去世了呢。还不知道是事故还是事件吧？"

"是的。"

"春原阿姨，如果你父亲被人杀害了，那你准备如何处置犯人？你会怎么处置法律所不能制裁的犯人呢？"

所谓进退两难，说的就是这种状况吧。既不能肯定也不能否认，瑠衣只能紧抿着嘴唇。

"你会怎么做？请回答我。春原阿姨。"

"因为我是个警察。"

瑠衣艰难地挤出这句话。

"如果嫌疑人被锁定了的话会去送检，之后移交给检察院和法院处理。我们不得不遵守司法的判决。"

"罪犯大摇大摆地回归社会也是可以的吗？"

"能够制裁罪犯的只能是法院。"

得到瑠衣的回答后，律垂头丧气地移开了视线。

自己不仅卑劣至极，还是个骗子。

瑠衣因为自我厌恶而畏缩、怯懦，飞快地逃离了藤卷家。

第二天晚上，瑠衣来到了一番町。须贝的家附近由于正逢回家高峰期，人流如织，八点一过显得更加热闹非凡。

但是，站在须贝家前，瑠衣由于紧张，全身僵直。她感到从门内飘出了一股死者的幽静与遗属愤怒的气息。

瑠衣提出要上香后，十和子爽快地把她迎了进去。

瑠衣向遗像双手合十，鞠了一躬后，无意间看了一眼十和子，发现十和子的孕肚比起以前更加明显了。

"您稳定下来了吧？"

"明明犯人都还没抓到，怎么可能稳定得下来呢？"

虽然瑠衣是打算问十和子的身体状况，但是十和子似乎会错了意。

"不是的，我是问……您的肚子。"

"抱歉抱歉，我完全理解错了。是的，身体已经进入稳定期了，我稍微安心点了。"

"关于犯人的情况，因为我已经从侦查组调离了，所以我也不知道具体的进展情况。不能回应您的期待，非常抱歉。"

"您是因为什么被调离了呢？"

"因为我的亲人被杀害了，我只能被调离了。"

十和子窥视着瑠衣的神色，她的眼睛里带着一丝同情。

"那真的是非常令人难过啊。如果我是你的话，我就算打破规定也要抓到凶手。"

瑠衣只能在心中祈祷着。即便打破规定、秘密行动，尽管知道犯人是谁，也没告诉侦查总部。这对遗属而言是背离信用的行为。

"虽然安不下心，但因为我还怀有身孕，所以只能强迫自己放下心来。我听说如果母亲状态不稳定的话，对孩子是不好的。须贝已经不在了，我不得不振作起来。"

说完这话，十和子十分慈爱地摸了摸自己的肚子。在平日里，这是非常温馨的一幕，但一想到十和子现在的处境，瑠衣就不由得心生怜悯。

"不过，一番町是条非常不错的街道。周围有幼儿园还有学校，坐电车的话，在半藏门站和九段下站能够看到很多可爱的孩子。"

"是的，这里确实很不错。不过，等我孩子长大了，不知道我俩是否还住在这里。"

"您是打算搬家吗？"

"我原计划等孩子稍微大点就回老家去，如果老家生活得不错的话，也许会一直待在那里。"

"不过那样的话，这房子要怎么处理呢？"

"这个房子目前还在还贷中。幸亏之前购买了集体信用生命保险，须贝死后保险公司会还掉剩余的贷款，我们也就没有了欠款。"

虽然十和子像卸下了重担似的说着，但是那种寂寞感无所遁藏。贷款虽然消失了，还贷的主人也已经消逝了。

"所以把房子卖了也行。总之我不得不去工作，养育费可是一大笔钱。回老家也是个选择。和爷爷奶奶一起生活的话，孩子也不会感到寂寞。"

十和子用淡淡的口吻说着，但是瑠衣却感觉胸口闷堵难受。如果没有发生这件事，须贝一家三口是可以其乐融融地生活的，这场变故使他们人生的齿轮突然错位。因为瑠衣一直和父亲相依为命，所以她知道那种突如其来的缺失感非同小可。

"我从未想过真会落到一个人带孩子的境地。回老家的话，或许父母也会高兴的吧。"

一个人的离去，会给遗留之人的人生蒙上巨大的阴影。不论是好是坏，整个人生都会发生巨变。

瑠衣再次感受到了事件的严重性和悲剧的无情。山路领平和妻池并不只是杀掉了员工，还埋葬了他们璀璨光明的未来的诸多可能性。

"您说了如果您是我的话，即便打破规定也要抓到凶手。不过，如果那个犯人不受法律的制裁，您会怎么办呢？"

"杀掉了须贝却不会被问罪，有那种可能吗？"

十和子仍然用淡淡的语气问道。

"审判上有疑罪从无这个原则。就算侦查总部确信这个人是真正的凶手，但是如果物证不充分，客观上不能证实的话，那么无罪判决的可能性也不小。"

"好过分啊。"

"这就是日本的法律。"

"乍一看这法律似乎是公平的，但是对遗属而言却很残酷。春原，你是一位警察，你说这样的法律是正确的吗？"

"因为我是公仆。"

"公仆的公是公众的意思呢,还是国家的意思呢?"

瑠衣无言以对。

短暂的沉默过后,十和子平静地继续说道:"不好意思。我完全没有想要责备你。但是,我的情绪突然激动了起来……不行了,我必须平缓下我的情绪。"

十和子再次抚摸起肚子。

"在这个孩子出生之前。不,出生之后我也不能把他抚养成一个心怀仇恨、悲愤的人。我希望我的孩子是一个不憎恶他人的善良的孩子。我想须贝也一定是这么期望的。"

但是,十和子继续这么说着:"如果我没有肚中的孩子,我想我绝对会找凶手复仇。就算违反了法律,就算我受到法律制裁,我也坚决会去做。"

十和子淡淡的口吻,更加刺穿了瑠衣的懦弱。

"您刚刚还说疑罪从无呢。现今有您这种人,真是让我心生佩服。"

最后这句话,听起来像是一句讽刺。

精神上遭受惨败的瑠衣,好不容易回到了自己的家。

继昨晚的律之后,瑠衣从文静的十和子那里听到的也都是怨入骨髓的话。由于瑠衣原本就对山路他们怨气冲冲,现在更是创伤倍增。因为心中积攒的恨意,瑠衣感觉之前吃下的东西都要吐出来似的。

对着诚也的遗像双手合十鞠完躬后,瑠衣向诚也倾诉了十和子说过的话。虽然诚也不会有任何回应，但仅仅是倾诉，就让瑠衣心中的郁结稍稍排解了。

洗完澡后，虽然身上的汗渍和污垢都洗净了，但是心中盘踞的暗黑情感却一片不落。抱着闷闷不乐的心情，瑠衣换上了汗衫，坐到了客厅。

拿着手机浏览网上的新闻和山治建筑的报道是瑠衣每天必做的事。

大部分都是关于山治建筑股票的分析和评论，但是今日却不同寻常。

"山治建筑并购同行企业"，一看到标题，瑠衣立马读了下去。

"今日股票市场收盘之后，山治建筑公布了和（东证一部）、东京建筑（东证二部）以及东海大厦建筑（玛札兹①）的并购消息。由于此次并购，东京建筑和东海大厦建筑不再有法人身份。据山治建筑宣传部称，并购的计划是于去年开始推进的，并在本月初达成一致，因此于今日公布。

"山治建筑在公布了并购以及其他两家公司不再具有法人代表的消息的同时，公开表明下一期将进行权益融资（新股发行引起的融资）。可以预见，山治建筑除了在近些年财务状况好转之外，由于大型公共项目的订单，既保证了增长资金，也增加了资本。

"并购后，穆迪（美国评级公司）将山治建筑股票的等级从A

---

① 玛札兹：全名东京玛札兹市场，即东京证券交易所。

提升至 Aa。山治建筑多年来都是一家中型建筑公司,对于一直在稳健经营的中型建筑公司而言,这是梦寐以求的等级变更。此次可谓山治建筑迈向大型建筑公司的重要一步。"

报道的最后还附上山路领平在东京证券交易所接受记者采访的照片。照片上印着面对相机笑容满面的山路领平和像保镖似的在后面等候的妻池。

看到报道和照片的瑠衣,愤怒地一瞬间忘了自我。

尽管此前每次看到关于山治建筑业绩的未来预测她都会怒火中烧,但是这次看到山治建筑的等级变更和山路领平的满脸笑容,对于瑠衣更是致命的一击。

将自家员工灭口,吞并其他企业,发展壮大公司,提升等级。这是以员工和其家人的幸福及未来为代价丰裕起来的。如果资产增加,那么大部分的股票就会上涨。拥有自家公司股票的山路领平和其他董事的腰包都会越来越鼓。人微言轻之人遭到虐待和践踏,而施暴的强者大笑着炫耀富贵荣华。藤卷亮二和须贝谦治以及春原诚也在地底下口吐鲜血,他们的亲人饱受着时间的凛冽寒风摧残之时,山路领平却在讴歌着自己的"黄金时代"。

理想什么都是画的大饼,即便高喊正义也只是空壳罢了,弱者的控诉被强者嗤笑到抹杀殆尽。

这就是现实,这就是瑠衣他们有时抱着赴死的觉悟也要去维护的世界的真相。

瑠衣感到怒火万丈,眼睛发烫。

等回过神来时,她已经哭了出来。

即便瑠衣想要忍住哭声，但是呜咽声还是抑制不住地从嘴里发了出来。非常地不甘心啊，瑠衣泪如泉涌。

瑠衣的心仿佛在拧着身体，要挤出里面所有水分似的。

瑠衣哭得不能自已，想到山路领平的脸哭了，想到妻池的当众辱骂哭了，想到诚也又哭了。

把余生的眼泪恐怕都流尽之后，瑠衣一直珍视不已的某样东西破碎散落了。

4

次日，瑠衣赶往南大塚，来到了鸟海的第二个事务所。

敲了三次门都无人回应，但是电表还在迅速地跳动。瑠衣知道房间里的电器也一定在工作中。

"鸟海，比米仓，你们把门打开。如果不开门，我就在走廊上把你们之前说的话复述一遍。"

瑠衣又敲了两次门，里面终于传来了开门的声音。从门缝中露出比米仓的脸来。

"喂，警察跑来骚扰市民，这算是怎么回事儿？"

"骚扰和犯罪，你觉得哪个更严重呢？我现在可以去做个问卷调查，问一下这一层的居民。"

"春原，你该不是换了个人吧？"

比米仓一边抱怨着，一边将瑠衣引入屋内。

"鸟海不在哦。"

"请帮我叫一下他。"

"你是有什么急事吗?"

"如果不是急事,谁会来这里?"

"真是拿你没辙。"

比米仓不情不愿地拿起电话。

"是我。那个,遭到了春原的偷袭。救命!"

虽然是开玩笑的SOS,但是鸟海不一会儿就赶了回来。如瑠衣所预料的,鸟海一脸"找我有什么事"的神色。

"你们之前说要干掉山路会长的,对吧?"

"我们没有这样说过。"

鸟海不耐烦地皱起了眉头。

"就算这里有隔音,你也没必要这么大声说话的。"

"三轩茶屋一家四口被杀。最具嫌疑的死者弟弟逃亡后,再被发现时已经上吊自杀。"

瑠衣像在背书似的念着,鸟海突然站住不动了。

"八王子市发生了三人死亡、四人受伤的交通事故。开车的原高级官僚被保释后,在自家浴缸中身亡。"

瑠衣突然看了眼比米仓,发现他像变了个人似的,用一种阴森森的目光望着自己。

"偶像艺人受不了社交软件上的诽谤中伤,选择了自杀身亡。中伤该偶像的罪魁祸首从站台跌落后被电车碾轧身亡。"

"你准备说这些毫无意义的废话到什么时候呢?"

"如果毫无意义,那么你们听着也没什么害处。你们是觉得很刺耳吗？"

"如果你是想故意找碴儿，说这些也是白费功夫。这些事情与我们毫不相干。"

"我刚刚举的三个例子都有一个共同点。首先不仅是受害者遗属，连公众都义愤填膺。嫌疑人都死于自杀和事故，最终的结局大快人心。前几天，鸟海说的'干掉'，用在这几个案子上倒是名副其实啊。"

"虽然你举的例子我们也知道，但如果是这几起事件，比起'干掉'，说是'因果报应'更贴切吧。自杀身亡、暴毙身亡、事故死亡，这一定是神明给了那些人相应的惩罚。"

"是谁给的惩罚暂且不论，但是我是同意相应的惩罚这点的。"

鸟海露出了诧异的神色。

"这三个嫌疑人就算受到公审，是否会受到严罚都很难说。一切的审判，一切的判决并不能让受害者遗属和世人满意。这是事实。"

"今天刮的是什么风啊？"

"昨天，有新闻报道山治建筑并购其他公司的消息。"

"啊，听说了。山治建筑的等级提升后，山路领平在讴歌我们的'黄金时代'呢。啊，是这样啊。"

鸟海像看透了瑠衣的心思似的，点了点头。

"你是看到山路领平那小人得志的样子后怒不可遏吗？"

瑠衣不打算接受鸟海的挑衅，而是自顾自地继续说道。

"这三起事件，都是受到了被害者遗属的委托吗？"

"我不晓得。"

"追踪到目标后,将他们伪装成自杀身亡或者事故身亡想必不容易吧。因为是委托杀人,所以杀掉后获得报酬也是理所当然的。关于委托杀人的报酬,金额是固定的吗?委托者支付的报酬与付出的劳动是等价的吗?"

"……我说了我不知道。"

鸟海的反应稍微有些迟钝,看来是资金不够了。这是理所当然的,即便只看这间屋子里放置的一排排器材,都能推测出鸟海投入了相当不菲的金额。如果每一件委托只有一两百万日元的报酬,那么很难覆盖掉成本。

鸟海似乎有些动摇,瑠衣也在犹豫是否要开口说接下来的话。

这话一说,就意味着瑠衣最终放弃了身为一名司法警察的职业道德。而且不仅仅是这样,这也意味着瑠衣完全改变了自身立场,从狩猎方跌落到了被狩猎方。

蜗居于脑海角落的良知还在做自我主张。但是,积攒的愤怒和稚嫩的正义感已经压倒了一切。

"我来支付报酬。"

鸟海和比米仓都瞠目结舌。

"你说什么?"

"我爸的理赔金下来了。一人一千万日元如何?"

听到金额后,比米仓立即做出了反应。

"鸟海,如果拿到两千万的话,我们就可以付掉之前拖欠的租金了,还可以购买最新的器材。"

"蠢货，给我闭嘴。"

鸟海警戒起来，向前走了一步。

"如果你是想下套的话，只能去骗骗小孩。"

瑠衣从胸前拿出了保险单，伸到鸟海眼前。

"你还以为我在下套吗？"

鸟海在确认完保险单上的金额后，就像放弃了什么似的，长叹了一声。

"你自顾自地会错意，要给我们两千万也无妨。说不定发生什么偶然事件，山路领平和那个秘书都卷入了灾祸中。"

"我话还没有说完。这个委托是有条件的。"

"什么条件？"

"要干掉的是山路领平会长和他的秘书妻池东司两个人。"

"那是自然。"

"你们要向我公开整个计划。如果你们还没有制订计划的话，可以带上我一起制订。"

比米仓发出"诶"的怪声。

"你既然已经出了钱，还要再插嘴吗？"

"出资者插嘴的话，是干不了正事的。哎，虽然和我们没有什么关系。"

"第二个条件。妻池交给你们处理，但是山路领平得由我来干掉。"

"你这说的什么话？"

鸟海的脸色都变了。

"这不是可以开玩笑的。"

"理赔金五千万,分给你们两千万后,其中还有一千万留给我自己。这是我给自己弄脏双手的报酬。"

"你这算法不合理啊。那剩下的两千万呢?不还是你的份吗?"

"剩下的两千万,我已经决定好了怎么用。"

"我说,春原。"

鸟海突然变了语气,像确认瑠衣本意似的审视着瑠衣。

"你现在的职位是刑警。无论对方是多么丧尽天良,你如果杀掉了对方,那你就是在犯罪了。"

"鸟海,你曾经不也是刑警吗?"

"哦,鸟海被摆了一道。"

"你好吵。"

"首先,你们有杀了对方也不会被发现的自信吧。这次也一样,把山路领平和妻池的死伪装成自杀身亡和意外死亡,且不留下什么物证。"

"你已经出了钱,自己干还会弄脏双手。但你把这一切都说得这么干脆,看样子绝不是在骗我们了。"

鸟海眼睛发直,目光令人不寒而栗。

这既不是原刑警的眼神,也不是侦探的眼神。

那是一双瑠衣在平日见惯了的罪犯那浑浊发暗的眼神。

"我以前的工作能够取得成功,是因为我是老手了。新手一知半解,必吃大亏啊。"

"谁都是从新手做起的。"

"但是新手会成为老手的累赘。"

"你可以教我变熟练的方法。"

"为了报你父亲的仇,你是当真要把迄今为止的一切都付之东流吗?即便是今后会背着沉重的负担活下去?"

"你的救命恩人须贝被杀害时,鸟海你是怎么想的?就算没有任何报酬,你也会想复仇吧。我也是一样。如果能干掉那个家伙,就算我不能再回到光明中,我也决不后悔。"

"如果我们没有答应你的请求,你会怎么办呢?"

"我就把你们窃听到的内容和妻池的所作所为都上报给侦查本部。当然,你也会陷入接受调查询问的窘境当中。"

"那样的话,即便公审对山路他们有利你也无所谓?"

"到那个时候再看。"

一会儿过后,鸟海用利箭似的眼神盯着瑠衣。即便如此,瑠衣也并未避开视线。终于,鸟海像是觉得"随你便"似的摇了摇头。

"你的条件只有两个啊。"

"是的。"

"那么,我们这边也有条件。对于我们的手段,你不能插嘴。在工作上,要听我指挥。你如果不听从指示,就立即给我退出去。"

"我接受。"

"还有一个条件,也是最重要的条件。"

鸟海的声音变得更低沉了。

"如果你中途背叛了我,那么你既不再是委托人,也不会再是我们的工作伙伴。"

这是在暗中威胁自己,如果背叛对方就会有灭口之灾。不过瑠衣对此早有预料,所以并未特别惊讶。

"明白了!"

"合同成立!"

鸟海悒悒不乐地说完,用手指着门说道:"今天就聊到这儿了。之后我会再联系你。"

什么意思?合同才刚刚成立,所以还达不到绝对的信任?虽然瑠衣被鸟海的态度激怒了,但是当下先答应对方才是上策。

"请你别忘记我的条件。"

扔下这句叮嘱后,瑠衣离开了事务所。

在搭乘电梯前,瑠衣还完好无事。但是,刚一离开大楼,瑠衣就蹲了下去。

明明是热带夜①,但瑠衣却感觉冷气逼人。她像打摆子似的全身打战。

最终还是走偏了路。明明自己是一名警察,却委托他人去杀人。不仅如此,自己也答应了犯罪。

事到如今,还能回头吗?

不,在向鸟海宣示的那一刻,她就已经没法回头了。

瑠衣两手抱着自己的肩膀,感觉自己像被拖进了一条敞开着的暗沟。

---

① 热带夜:日本气象用语,是指夜间的最低气温在25摄氏度以上。

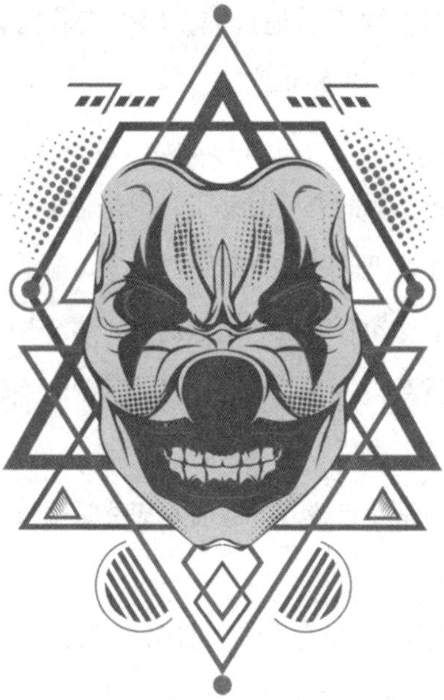

第五章
恶因恶果

1

即便到了九月，关于山治建筑一案，侦查本部也没有觅得一丝曙光。

"虽然我佩服你的执着，但是你无论问我多少次答案都是一样的。"

志木用一种"放过我吧"的表情看着瑠衣。因为每天都有侦查例会，所以志木次次都会被瑠衣问到事情的进展。

"不仅物证不足，目击证言也很少。你也是知道这些的啊。一旦失去了方向，侦查就如同站在迷宫的入口。如果没有新的证据出现，侦查就会被吸进迷宫。"

志木虽然带着不耐烦，但他的语气中却流露出一丝懊恼。毋庸置疑，志木也想用自己的方式为瑠衣报仇。但是案子一旦变成"无头案"，那么任何侦查员都会心灰意懒吧。

"因为管理官和组长都清楚这点，所以大家都在努力干活。最近每次的会议上，他们都是紧皱着眉头。"

瑠衣也知道宍户很着急。无论是在同一个刑警办公室，还是在走廊上擦肩而过，宍户都不敢和自己四目相对，这是因为对自己感到愧疚吧。

"再等等吧。"

志木话都没说完，就逃也似的离开了位置。

瑠衣不打算去追志木。瑠衣问侦查的进展情况问到不胜其烦，并不是希望他们逮捕到犯人。恰恰相反，瑠衣希望侦查本部不要锁定到连环杀人案中的犯人山路领平和妻池东司。

当然，如果找到了这两人参与到事件中的有力物证，那就另当别论了，但是如果只是找到间接证据就去起诉二人的话，无论如何都不是瑠衣想看到的局面。就如鸟海所言，案件弄不好会因为一事不再理的原则，根本没法制裁这两个人。不，非但如此，这两个人还能"洗心革面，重新做人"，永获自由。

这一点是绝不允许的。杀害三人的山路领平和妻池东司必须赎罪。

即便赎罪形式并不合法。

上午九点，瑠衣参加了多人毒杀案的侦查会议，但是管理官所说的话完全没进到瑠衣的脑子里。

自从和鸟海签了恶魔协议后，瑠衣的心里就有了一种不协调感。这并非丢弃了作为警察的职业意识和曾经的伦理观念，而是一种自己都理解不了的异物之感。

尽管自己是警察，却委托他人去杀人。非但如此，自己也准备去犯罪。虽然跨过了卢比孔河①,但是依然受到了罪恶感和恐惧的折磨。同时,滋生于意识角落的异物带来了一种奇特的安心感,瑠衣感觉自己心中同时栖居着警察和犯罪者两个身份。

大型毒杀案已经锁定了嫌疑人。嫌疑人正是从八王子监狱医务室逃走的人,虽然被全国通缉,但是还未抓捕归案。嫌疑人刚在东京都内犯过案,又立刻出现在了长野县,简直是神出鬼没。当下比起收集证据,更重要的是要增派用于追捕的警力。

与此相对,山治建筑有关的侦查却迟迟没有进展。虽然数日前瑠衣还心急火燎,但是现在反而觉得这样最好。虽然瑠衣很惊讶地发现自己竟是个这么任性妄为的人,但是自己已经毫无办法了。

瑠衣完成警察的工作后,向南大塚走去。这里不再是"另一个事务所",而是瑠衣的"隐居之所"。

最近鸟海告诉瑠衣,这一层楼中安装了很多隐形监控,可以将走廊一览无余。以前的瑠衣姑且不论,但雇用了鸟海后的她,已经不能被他们赶走了。

"欢迎光临。"

一打开门,比米仓就亲切地前来迎接。瑠衣一想到这个人会参与犯罪,就深深地领悟了人不可貌相的含义。

一踏入房间,瑠衣就注意到了房间内购置了新的设备。

---

① 卢比孔河:意指破釜沉舟。这个习语源自公元前49年,恺撒破除将领不得带兵渡过卢比孔河的禁忌,带兵进军罗马与格奈乌斯·庞培展开内战,并最终获胜的典故。

"又买了新的吗？"

"因为预计会有报酬啊。"

"如果你们期待着从我这里拿到报酬，那我就要泼冷水了。怎么说那也是成功后的报酬。"

"那也没关系。我们在此之前就没失手过。"

"你还是相当有自信啊。你们之前究竟犯了多少罪啊？"

"没有一个个地数过。"

"应该说是'数不胜数'吧？"

虽然比米仓调皮地笑了，但他只是在蒙混过关。换言之，他们已作恶多端、罄竹难书了。

"不过，在还不知结果会变成什么样的阶段，你们竟然花钱买了设备。"

"这是针对你这次的委托任务而进行的必不可少的投资。你看这个。"

比米仓用手指按着眼前的键盘。然后，刚才还是休眠状态的显示器突然亮了，显示着某处的地图。通过各处地标，瑠衣知道了这是在涩谷地区。

地图上明确标示着红色和绿色的点。瑠衣确认了下位置后，发现是在宇田川町。

"这，莫非是……"

"正如你所推测的，这是山路会长和妻池秘书的位置信息。已知这两人现在都在山治建筑总部。"

"位置信息什么的，你们是怎么……"

"上次我说过,我们通过妻池的手机邮件地址推断出了事件发生时他的位置。再者,我们也弄清楚了山路会长的手机邮件地址,所以就能通过 GPS 定位,锁定这两个人常去的地方。"

"虽然我承认这确实是非常方便的系统……"

"如果无法掌握目标的位置,就没法杀掉对方。而且因为他们是移动的目标,所以必须全天候地监视他们的行踪。"

再看着这些红色和绿色的光点,瑠衣心中唤起了对山路领平以及妻池东司的愤怒和自己就要实施犯罪的恐惧感。

"这个地图,是可以放大的吧?"

"当然了。"

刚说完,比米仓就按起了鼠标。两个光点被放大后,显示屏上出现了"山治建筑总部"这几个字。

"连在哪栋建筑物里都知道?"

"如果需要的话,我们还能推出是在哪个房间里。"

锁定者的形象变得栩栩如生起来。就算是从事的非法的行为,也不得不佩服比米仓的本领。

但是,瑠衣突然有了一个疑问。

"如果知道他们在哪里,不是随时都可以实行计划了吗?"

"那就难以……这些天,我们都是全天候地追踪着这两人的行动。"

"等一下。你刚刚说这些天全天候,总而言之,你们是连续几天都在通宵吗?"

"因为这是工作呀。熬两个通宵三个通宵都是稀松平常的事情。就算是回到自己住的地方，反正也是睡觉。与其这样，还不如就睡在事务所里更省事。"

"你们都正经洗澡了吧？"

"浴室现在变成杂物间了，没法洗澡。不过没关系，这附近有澡堂。"

这样的生活也许正合乎比米仓的性情，因为从比米仓的话语中感受不到一丝悲壮感。非但如此，还感觉到了一种巨大的满足感。

"你说了难以办到，这是什么原因呢？"

"这些天我们通过跟踪得知，秘书妻池像山路会长的影子一样，寸步不离地跟着他，不给会长一人独处的机会。"

"两个目标都到齐了的话，不是更容易干掉吗？"

"你那是外行的想法。这又不是在房间里安装炸弹或者用机枪一顿扫射。总之，要伪装得像是自杀或者事故。如果强行实施的话，可能会牵连到不相干的人。袭击时引起骚乱也是不好的。如果要满足那些条件，在只有目标一个人时去杀掉是最好的，或者说目标必须只有一个人。"

比米仓的理由虽然有些离谱，但又不得不承认那是妥当的。确实，之前鸟海他们所谋划的事件无一例外都只有目标一人去世，没有给其他人带来任何麻烦。这就是犯罪者秉持的道义和信条吗？

"鸟海之前查过，妻池在入职山治建筑前，是在暴力团的招牌企业里工作。"

这还真是第一次听说。

"妻池在那家公司待了四年左右,之后来到了山治建筑工作。据说在'招牌企业'时就干过不少脏活。如果有过那么一段经历,他顺利杀掉三个人也就能够理解了。"

"山治建筑竟然收这样的人。"

"在刚进山治建筑公司时,妻池是在施工现场工作。也就是说,上市前的山治建筑,需要的就是妻池这样的人。实际上,建筑施工现场的麻烦是少不了的,所以怎么都需要这种解决麻烦的人。妻池被录用也许是供需一致的结果。"

"如果你说的是真的,那么妻池已经习惯了做这样粗暴的工作了。"

"因为他习惯了做这么粗暴的工作,所以就算他知道该如何应对,我们也无须大惊小怪。作为保护山路会长的角色而言,他是最合适的。反过来,在我们攻略方来看,这是最糟糕的。如果妻池一直跟着,我们就没法杀掉山路会长了。鸟海也说过这样风险很高。"

"那么,在山路会长家动手怎么样。就算妻池是秘书,他也不会住到会长家里去吧?"

"春原。"

比米仓像责备似的看着这边。

"你知道山路会长的家在哪儿,是哪栋建筑吗?"

"我知道。和总部一样,都在涩谷区。"

"是豪宅哦,豪宅。那就是一栋戒备森严,像要塞一样的房子。"

"但是，之前在八王子撞飞七个人的原高级官僚也是在家自杀的吧。"

"不要和那个穷老头相提并论。山路豪宅的监控是通过有线连接的，外部无法干涉。就算妻池不在，也会有两个警卫常驻在隔间，能不能潜进去都不知道呢。"

"那我们该怎么办呢？"

"只能等这两人在山路家以外的地方分开。"

会有那样的机会吗？

瑠衣正要问他时，传来了开锁的声音，门被打开了。

"你来了啊？"

鸟海只是瞥了瑠衣一眼，又看向了比米仓。

"动向如何？"

"不行。妻池寸步不离地跟在山路会长旁边，简直就像影子一样。"

"这样啊。"

"妻池那边怎么样了？"

"无隙可乘。"

鸟海吐出了这么一句话。

"妻池用公司的车将山路送回去后，不会绕路，会直接开往自己家。因为他是开车回去，我们就只有制造车祸这个办法了。"

"妻池的公寓好像也是在新宿吧。从涩谷到新宿之间，无论哪个时间段都是堵车状态。只让妻池的车出车祸还是相当难的吧。"

"喂。"

鸟海瞪了比米仓一眼，让比米仓闭嘴。看来在瑠衣面前，鸟海还是抗拒将犯罪计划说出口。

"鸟海，不是说好了让我参与计划的吗？"

"不对我们的手段插嘴，这也是之前的条件。"

"我不会插嘴，但是请你告诉我你们的计划。如果不这样，在具体实施时，我会感到不安的。还是，你们依然不信任我呢？"

"你是我们的委托人。"

"是的啊。"

"虽然我们很想信任你，但是另一方面你自己也是刑警。举例来说，你明明背着个报警装置，却跑来加入小偷团伙。我们对你抱有戒备也是理所当然的吧。"

"如果我们彼此不相互信任，能成功的事情也会被我们搞砸的。"

鸟海对瑠衣怒目以视。

"并不能因为你是委托人，我们就全盘信任你。虽然你是受害者遗属，但是我们也不能什么都告诉你。警察这个头衔就是这么讨厌的东西。你自己稍微自觉点。"

"莫非你是要我不再当警察？"

虽然话语中带着嘲讽，但是鸟海像想到什么似的眼里熠熠生辉。

"你说反了，我希望你一直当警察。如果可以的话，甚至希望你去负责山治建筑有关的案子。"

"你这是什么意思？"

"听说了怎么掌握山路领平和妻池东司的现在位置吗？"

"在你来之前，我已经好好听了一堂课了。"

"如你所问，秘书妻池一直寸步不离地跟着山路领平。我们要干掉他，只能瞄准这两个人分开行动的时机。"

鸟海重复着之前的话。

"从地下停车场到一楼，如果没有钥匙，就上不去。一楼的入口不用想，就是自动门。而且为了防止有人同时入内，他们引入了人脸识别系统。"

"真是服了。207万像素的同轴高清照相机，即便是在灯光昏暗的深夜里，认错率也只在百分之五以下。我想了好多办法，但这骗起来有点难啊。"

"因为窗帘是随时紧闭的状态，所以无法从窗外看到里面的样子。我安装过收音麦克风，但是里面一直播放着不会给周围带来影响的音乐声。如果不知道声音是来自哪个房间的话，我们没法狙击。"

仅仅听到这段对话，就能窥见妻池非同一般的用心和其极高的执行力。只要是山路领平的命令，即便让这个男人去杀人他也会甘之如饴。

"因为妻池是山路领平的保镖，所以除了自己家以外，两个人经常待在一起。我们要推进工作，就必须瞄准两个人分开的时机。但是，即便追踪他们二人的系统是齐备的，如果不事先知道他们分开的时机，也是没有意义的。我们有必要掌握他们两个人的日程安排。"

"以比米仓的能力，应该能够盗出山路会长的日程表吧。"

"电磁记录倒是可以，传统方法恐怕不行。"

"我正在查。"

比米仓插到两人中间。

"我确认了山路会长和妻池的通讯记录，妻池好像是用手账进行日程安排的。如果是手机管理的话，那就太完美了。但是怪就怪在他用的是老土办法。"

这也在情理之中。实际上，瑠衣自己也是把日程安排写在手账上。虽然同时使用了手机的管理功能，但是因为自己写的东西不容易忘记，所以手账还是丢不掉的。

"我们一定要弄到山路会长的日程表。负责山治建筑案的人员应该可以弄到吧？"

原来是这个意思啊。

"你提了一个很有趣的方案，但因为我是受害者家属，所以我被调离了。"

"如果你就这么放弃了的话，那你当刑警也没有什么意义。简直跟废物没啥两样了。"

鸟海带着挑衅地说道。

"如果你想被信任，那就做点贡献吧，去收集信息。百分之八十的成功都来源于计划和准备。"

"我是委托人。"

"这和信任什么的是两码事。"

鸟海的视线还是停留在瑠衣身上，比米仓也用一种饶有兴趣的眼神看着瑠衣。

瑠衣很容易就能察觉出这两人是在试探自己。结果并不重要，他们想知道的只是瑠衣肯配合到什么程度。

"警察是要绝对听从上司的命令的。"

"我当然知道，我之前也干过警察。"

"因为有规矩，所以被规章制度束缚了手脚……"

"越是想要自由行动，越难以变得自由。如果破案率很高那另当别论，即便如此，也是有限度的。"

"我的破案率压根儿不值一提。"

"这个我看出来了。至少你的破案率对整个破案组产生不了一丝影响。在麻生和桐岛带出来的孩子中，你就像个形同虚设的窝囊废。"

"你既然知道得这么清楚……"

"窝囊废也有窝囊废的优点。就算你稍微有所行动，也毫不醒目。不要一开始就放弃，先调查起来。具体怎样，以后再说。"

这话近似揶揄和玩笑，但是也有击中要害的部分。瑠衣自己也在考虑如何去掌握山路领平的个人信息。

"我知道了，我去试试看。"

"不是去试试看，而是去干。"鸟海恐吓道。

"这可是取人性命的事儿呀。能把工作交给底气如此不足的人吗？"

既然是考验，那就只能接受。虽然瑠衣清楚自己已经一条腿踏入了犯罪的泥潭。瑠衣了解越是遵从鸟海的指示，就会陷得越深，直至再也不能抽身而出。

即便如此，瑠衣也没想过要后退。

2

"你说什么？山治建筑会长的日程表……"

听到瑠衣的建议，宍户气势汹汹地反问道。

"为什么侦查总部要干这个呢？"

"我之前报告了东京地方检察特别搜查部正在调查山治建筑的黑钱行为。如果那是事实的话，那么作为会长的山路领平不可能不知道。不，倒不如应该考虑这就是山路领平的指示。"

"那是自然。"

"山治建筑接连死了三个人，犯人是谁暂且不论，这背后涉及洗黑钱是不争的事实。"

连瑠衣自己都觉得这是在牵强附会，但是从侦查的现状来看，为了调查山路领平的周边环境，只能用这个借口了。

但是如果侦查总部听了瑠衣的呈报后，考虑去保护山路领平的话，那么可能会影响鸟海的计划。虽然建议中带着矛盾，但即便是瑠衣也只能一边说话一边观察宍户的反应。

"是要保护山路会长吗？"

"不是的。如果侦查总部公开行动，那么恐怕会让犯人察觉到。本来，山路会长在公司里和家里都有自己的保安，我觉得我们无须担心到那个程度。"

"确认日程安排是为了要山路会长当诱饵吗？"

"山路会长身边的人应该能察觉到自身的危险，也许山路会长那边会有什么行动。总之，会有机会请他自愿出庭的。"

"不保护他，而是监视他。大意我是明白了。"宍户的口吻冷淡不已。

"既没有新的物证，也没有新的目击证言。实效性先放到一边，我们现在能考虑的只能是将线索一条条拣起来。我来上报给管理官。"

"谢谢您。"

"你不要抱有太高的期待。"

瑠衣雀跃的心情立马被压制了下来。

"虽说束手无策，但管理官也不是个什么事儿都肯试一下的人。这点你是清楚的。"

"遵命。"

但是瑠衣还是抑制不住地期待着。如果山治建筑方知道警察挂念着山治会长的生命安全，那么应该会不遗余力地去协助警察，每天的日程表应该能轻易地告诉这边。瑠衣只要找志木说出侦查总部得到的日程表就行了。

"明明你已经从侦查组调离了，但好像还是很执着呢。"

"我一点都没有执着。"

瑠衣的声音有点激动，不知道宍户是否察觉到了。

"交代的工作我都有认真完成，呈报只是一时的心血来潮。如果这能起点作用那再好不过了。"

"就算是吧。"

宍户像老早就看透了瑠衣的想法似的。虽然他看透了但还是选择了向上面报告，这点真是太难得了。

不知道是对宍户的呈报感兴趣，还是那边也束手无策，村濑管理官答应去拿山路会长的日程表。很快，侦查总部就和山治建筑秘书科取得联系，事情进展到了与山治建筑共享已定好了的日程安排。

瑠衣知道志木嫌自己烦，但是今日还是决定逮住志木，问山路领平的日程安排。如果对方觉得自己兴趣浓厚，便会对自己有所怀疑，这样会很难办，所以打听时必须摆出若无其事的样子。

"好像山治建筑为了保护会长的安全，二话不说地就答应了。他们暂且提供了已经定好了的日程表。"

志木倒是回答得很快，他的声音中带着某种疲惫感。

"日程上有什么问题吗？"

"不是，像这种并购其他企业的会长，忙起来真是非同小可。你先看这个。"

志木拿出的纸上写着的九月某天的日程表。

  8：00 去公司、和董事共进早餐

  9：00 董事会

  10：00 去东京建筑本部视察

  12：00 午餐

12：30　出席日建联（日本建筑业联合会）会议

14：00　和日建联会长洽谈

16：00　拜会全国住宅产业协会

17：00　和东海建大厦建筑会长洽谈

19：00　回家

"从早晨到晚上都是会议和洽谈，午餐时间只有短短的三十分钟。公司是个黑心企业，但是会长本身也在压榨自己。好像只有坐车时能休息会儿。"

"不是只有这一天特别忙吗？"

"其他日子只是见面对象的不同，但是情形是一样的。这个会长是老当益壮吗？"

瑠衣忍不住开始猜测，也许会长出行会选择用公司的车。

看着这个日程表，瑠衣的脑海中浮现出妻池寸步不离地跟在山路领平身边的画面。在山路领平和他人见面时，也是没法对山路领平下手的。

"在泡沫时代，建筑行业就好像是拉车的牲畜那般干活。但是泡沫时代过后，山路会长还是延续着之前的工作模式。明明他已经一把年纪了，但还是精力充沛啊。"

"担任会长职务的人，午饭时间都只有三十分钟吗？"

"旧模式下的公司直到现在都只给老员工五分钟的午饭时间，并且由于会长自己也是这么执行的，他下面的人更是没法好好休息了。简直能被裱到框里作为黑心模式的典型来展览的程度。"

会长手下的员工都被逼迫着进行长时间的劳动，并且还要参与洗黑钱，一旦对公司不利就把他们毁尸灭迹。父亲把一生奉献给了这么一家公司，瑠衣追悔莫及。

"本来还担心罪犯会杀掉山路会长，但看了日程表后觉得是杞人忧天了。这简直就像是大佬议员的一天。如果不是会长的身边人或者员工，根本就没有袭击他的机会。"

志木像放下心来似的，瑠衣则相反，觉得不知所措。

在南大塚的隐居之处，鸟海听完瑠衣讲完山路领平的日程表后，无所谓地撇了撇嘴。

"我猜到了个大概。这是比传闻中还要厉害的工作狂啊。如果每天都是这样的日程安排，那么同样也没有机会对妻池下手。"

"山治建筑总部的玄关口也是安装了监控的。"

比米仓嘟起了嘴。

"如果是路上的监控，我们轻轻松松就能盗取。但据我的观察，山路会长没有一次是单独一人出入总部的。经常是妻池开着公司的车，接送他出入公司。妻池去专用停车场时，山路会长身边也会立刻有其他秘书陪同，简直就像是影子一样。"

"山路领平在上班时间内应该不会单独待着。等会儿，我们不能利用他在餐馆或者饭店吃饭的时间吗？"

鸟海问瑠衣。这是在间接确认瑠衣是否调查到了这个地步。瑠衣自己也注意到了这点，当然是调查了的。

"山路领平的早饭和午饭都是在食堂吃的外送便当。在会谈和洽谈聚餐时，他都是在东京都内的酒店吃饭。当然山路领平并非一个人单独吃饭，而是和工作伙伴一起吃的。"

鸟海陷入了沉思。因此，瑠衣决定继续说自己想到的点子。

"枪击公司的车怎么样？如果是在堵车时对准他们开枪，是不会给其他车辆和行人带来麻烦的。"

"我拒绝。"比米仓冷静地回答瑠衣。

"春原，你见过山路会长坐的专用车吗？"

"只见过一次。"

"是这辆吧。"比米仓用手指着显示屏上的黑色加长版轿车。

"这是梅赛德斯·迈巴赫S级S650普尔曼防弹版，在欧美和阿拉伯等国家是VIP客户专用的高级轿车。突击步枪自不用说，连机枪都射不穿。"

"我一直考虑的是不留痕迹地杀人。如果使用能够射穿特殊车辆的门和玻璃的子弹，那必定会被警察锁定入手途径。这个方案就别再考虑了。"

瑠衣同意不使用枪弹这点。即便是过去的三起事件中，鸟海他们也没有使用任何枪支就将事件伪装成了自杀或者事故。总之要想方设法，不能留下线索让侦查抓到把柄。

如果对公司的车动手脚使它发生交通事故，可能会波及其他的车辆和行人。

"山路领平和其次子夫妻两人、孙子、两个保安，一共九人住在一起。就算是伪装成煤气爆炸或者煤气泄漏，都可能把其他人给卷进来。火灾也是一样，不能实行。"

鸟海似乎也在冥思苦想。

那么，该怎么办呢？

在各种手段都被否决后，瑠衣突然吃了一惊。

在办公室内多次涌起的负罪感和恐惧，一进到这个隐居之所，就悉数烟消云散了。不，非但如此，在和鸟海他们推定计划时，自己甚至还激起了斗志。

虽然自己早就下定了决心，但在看到他们兴奋地推进杀人计划时，瑠衣还是害怕的。

这并不是双重人格，而是一个人内与外的两张面孔。究竟是从什么时候起，自己沦落成了如此卑鄙之人？

"不管山路领平是一个多么拼命的工作狂，他都不可能在三百六十五天里一直保持这样的日程安排，他总会在某个时候有个几小时的空隙。比如由于客户取消了预约。公司放假的周末和节假日如何？中元节、年末和正月呢？"

鸟海像是在自言自语，瑠衣没有打岔。鸟海似乎并不是和其他人进行一来一去的问答，而是一个人自言自语地寻找最优解的类型。

"你弄清这个日程安排从什么时候开始的？"

"没有确切时间，这个日程在上周前似乎就确定了。"

"那你继续负责获取日程安排的相关信息。就算现在找不到下手的机会，总会在某时某地出现破绽的。你盯准这个。"

要变成持久战了吗？

鸟海的想法也在理，自己也没有想到明确拒绝的理由。问题其实在瑠衣自己身上。

在持续地和残暴的自己相处的过程中，自我还能保持多久？弄不好整个人格都会扭曲变形。

和鸟海签订合同时，瑠衣就被拖进了暗沟。时间越久，瑠衣就越是感到全身都被暗沟毒素侵蚀的绝望。

不知道鸟海是否看出了瑠衣的懊恼，他继续说道："莫非，你这些天已经下定了决心？"

"没有。不过按照刚刚说的，我们可能要一直等着，要等到年末和新年吗？"

"这个世上，有不费吹灰之力就能杀掉的人，也有不那么容易杀掉的人。"

"你是说人的生命分量也有高低之分吗？"

"有钱又有地位的人会受到各种保护。在社会中只要处于要职，周身遍是一堆阿谀奉承之人，家人环绕在侧、自身安全也能得到保护。与此同时，无钱无势的人则会被轻慢地对待，既没有设身处地为他们考虑的朋友，也没有这样的家人。如果没人认识的话，就等同于透明人。所以，就算这种人在某天突然死去，也不会有人察觉到。为这种家伙的死感到苦恼的，只有借钱给他的债主。"

相反，若是山治建筑的会长，他的一举一动都会受到关注。因此，要让山治会长从这个世上消失，是极其麻烦也费功夫的一件事。

"如果你一直站在追踪犯罪者的立场，那你无论如何也想不到，在犯罪上，其实也是遵循经济原理的。虽然实施方也很想以最小投资获得最大收益，可事情的进展并不会一直那么顺利。在狩猎大型猎物时，要有相应的准备和投资。别与我们之前的工作一概而论。"

瑠衣只能点头。

即便到了九月末，山路领平的日程表看似也没什么可乘之机。

"那个山路会长真是泡沫时代的幽灵啊。"

侦查开始前，站在瑠衣前面的志木若有所思地说道。

"山路那个年纪了，弄不好工作得比我们还久。不知道是真是假，泡沫经济的鼎盛时期，听说整个社会都在连续不停地播放着'我能奋战二十四小时'的广告，整个日本都像个黑心企业。感觉那个老爷子还在靠着那时的梦想活着。不过，如果是中型建筑公司的会长，那样拼命工作也是理所当然的。要是我在那个职位，我是绝对不愿意的。"

"你想多了，志木，会长的位置并不是想当就能当的。"

"你好烦。但是呢，在工作上全年无休还甘之如饴，那应该是最后一代了。现在，那样的工作狂已经是濒危物种了，也并不是公司需要的人才。在这种意义上，山路会长真是个幽灵。泡沫经济破裂后，作为二十年的失望与怨恨的化身，一直徘徊在金融街。"

瑠衣觉得泡沫经济的幽灵这个词真是恰如其分。自瑠衣懂事以来，在山治建筑上班的诚也就一个劲儿地扑在工作上，有时即便是周末也要去加班。诚也从早到晚地工作，对公司尽心尽力。工资上涨了，公司也比以前更挣钱了。恐怕存活在这个国家的大多企业皆是如此吧。

但是，在泡沫经济破灭后，山路领平依然念念不忘那个炫耀荣华富贵的时代，也许依然在以曾经的那个梦想为生。而包含诚也在内的三个人，都是那个梦想的牺牲品。

"不过，看完这份日程表后，我感觉山路会长恐怕只有睡觉时会一个人待着了。"

"就算有人想要杀他，成功率也是很低的。"

因此，瑠衣一筹莫展。

鸟海为了杀掉山路领平和妻池，在有条不紊地做着准备。尽管他没有告诉瑠衣具体情况，但是每次见面时瑠衣都亲身感受到了，但直到现在也没有袭击的机会。即便瑠衣深知这是一场持久战，但她依旧没有信心保证自己的身心能熬得下去。

"到时间了。"

志木去参加会议后，瑠衣过了一会儿也赶去了别的会议。

多人毒杀案的进展也搁浅了。这边虽然锁定了嫌疑人，但是完全没有掌握到嫌疑人的行踪，全国通缉也没什么效果。管理官的脸色日益难看，在场的侦查员也表情凝重。悬而未决的事件，不仅在侵蚀着受害者家属的心，也在侵蚀着侦查员的心。

和以往不同，瑠衣现在能够一边留意山路领平和妻池的动向，也能领会管理官的话了。能够再次投入警察的工作中，本来是可喜的变化。但如果换个角度看，这是瑠衣适应了区分内外的一个证据，算不上是心理健康。

新的报告情况很少，会议早早就结束了。瑠衣回到刑警室，开始整理上面要求的报告书。

志木暂时不会回来了吧。正这么想着时，志木的身影出现了。

"我们都回来得好早啊。"

山治建筑案那边必定也没什么进展吧。

但是，志木一开口就丢下了一个重磅炸弹。

"你父亲的案子，定下来了。以业务过失致死立的案。"

瑠衣不由自主地欠起身来。

"上面断定是操作起重机的楠木昭悟引起的过失，之后就要送检了。"

"这样啊。那藤卷亮二和须贝谦治的事情是怎么处理的呢？"

"会议上也说了。藤卷的事件是事故，须贝事件则会继续调查下去。这三起事件会分开调查。"

如果分开调查，自然而然，投入的侦查员数量也会随之进行调整。形式上暂且不论，实质上的侦查警力只会缩小。

对于这有些性急的判断，瑠衣感觉到了一种不适应。这种性急不符合村濑管理官的风格。

瑠衣觉得很唐突。

"是有人施加了压力吗？"

对于瑠衣的发问，志木的表情阴沉下来。

"会议上没有提这些。但是,管理官的条理也太不清晰了吧。"

村濑条理不清晰,不是因为事情未按照他的想法进行,而是事情已经根据时间和情况被定好了。

"看起来他们是事先沟通好了,津村科长和组长都没有表现出一丝惊讶。虽然谁也不想说出口,但十有八九是有人从中作梗。我想起来这么一件事,上周五,山路会长和国土交通省大臣进行了面谈。"

山治建筑在并购了同行的其他企业后,已经可以和大型建筑公司并驾齐驱了。所以,瑠衣胡乱地推测,山路会长去拜会国土交通大臣有一半是惯例了。

"山治建筑计划于2020年残奥会结束后,在奥运村的旧址上建设大规模的集体住宅。因为警察侦查导致施工推迟的话,不仅会关系到山治建筑,也会关系到国土交通省的预算和脸面。如果关系到国土交通省的脸面,那么那些家伙会毫不犹豫地插手。"

志木羞愧地望着瑠衣。

"真是遗憾啊。"

瑠衣表情僵硬,她自己也清楚这点。

从法律上追究山路领平的责任,已经是不可能的了。瑠衣和藤卷以及须贝的遗属不仅不能报仇雪恨,死者和遗属的悲愤还要被山治建筑践踏,而山治建筑却继续发展壮大了。

已经没有能制裁山治建筑的人了。

瑠衣和鸟海他们除外。

"以业务过失致死立案,这点还没有通知山治建筑那边吧。"

"啊,在这之前山治那边都是机械地把山路会长的日程表发过来。"

瑠衣希望那边能够逐一汇报。

在得知侦查总部还未注意到山路领平时,瑠衣忽然轻松了不少。与其说是卸下了肩上的重担,倒不如说是感觉之前一直束缚着自己的绳子突然之间断裂了。

警察的职业道德已经屏气敛息了,压抑着的暗黑情绪却在熊熊燃烧。

"本月末执行。"

鸟海的声音非常干瘪,听不出其中的感情。瑠衣被叫到南大塚的隐居之所后,听到的第一句话就是这句。

面对这突如其来的话,瑠衣没法掩饰自己的困惑。山路领平被妻池寸步不离地跟着,就算妻池不在身边,山路领平也被警卫森严地保护着。即便通过秘书科查到了山路领平的日程,也还是没有机会。如果以杀掉山路领平和妻池的同时不将他人卷入进来为前提的话,这个计划是无法成立的。

"你这话好突然啊。"

"山路领平离开妻池的保护,只剩他一个人的时机终于来了。就是本月末。"

"你怎么知道?"

似乎是要换个人替自己说,鸟海向比米仓使了个眼色。比米仓一脸得意地说了起来。

"很早之前我就听说有公司还在使用纸张来进行工作部署和联络，我感到难以置信。这不仅没有效率，而且还会制造垃圾。幸好'山治建筑'是通过短信来互相联系的。"

"小哥，你快说重点。"

"我入侵了这个公司的主机，浏览了公司内部的人事和部署关系。然后，就看到了这条短信。"

比米仓敲了下眼前的键盘，显示屏上出现了一份文件。

诸位职员，

即将到来的十月三十一日是万圣节。每年从本公司总部大厦前到JR涩谷站八公塑像附近都会挤满穿着cosplay服装的行人，预测今年以十字路口为中心的地方也会相当拥堵。去年因为人群拥挤，接连收到公司员工没能赶上地铁的报告。

从三十一日的傍晚到次日，有可能会卷入不曾预料的突发事件中。

各位同事，当日请记得早回，且尽量不搭乘出租车等交通工具。

如果因为交通工具出现运行故障，出现无法搭乘电车的情况，请大家入住附近的酒店。届时请向上级申请，公司将根据会计准则支付住宿费等。

总务部

瑠衣还没看到最后，比米仓继续说道。

"这个文件发送给全体员工的时间是十月十七日。而且，在这前两天的十五日，我们录到了会长室里山路会长和妻池的对话。"

瑠衣戴上比米仓递过来的耳机，嘈杂的背景声中传来了他们的声音。

"那么三十一日那天，董事也不能使用汽车了吗？"

"警察那边说尽量别开车，他们考虑到参加万圣节的家伙中可能有酒鬼，希望我们这边不要卷入纠纷中。实际上，销售部部长的车在慢行中被人划伤过。"

"这已经像是暴徒了。"

"这个世界上对富人阶级抱有恨意的人不在少数。有人为了发泄平日里积攒的愤怒，跑去参加万圣节。"

"哎呀哎呀，君子不立于危墙之下嘛。但是当天怎么办，要鼓励公司员工早点回去吗？"

"三十一日我和'东海大厦建筑'会长有个会议。因为是要对本公司的干部的工作方式进行调整，所以我绝对不能缺席。就算我想早点结束，应该也要五点之后了。"

"万圣节的狂欢期间吗？但是，我听说那天从地铁站附近到中心街都是人。如果没有车，究竟该怎么回家呢？莫非要推开人群，去坐几十年没坐过的电车？"

"当下，电车也是选项之一。不过我会在车站附近等着您。您走路到那里是最现实的。"

"要突破敌阵，经过穿着cosplay服装的那些家伙吗？"

"那时我会跟在您身边的。请您放心。"

一瞬间，山路沉默了，似乎在思考什么似的。虽然是闲聊的语气，但是瑠衣屏气凝神地听着。

然后，山路说出了一个出乎意料的建议。

"那些家伙都是穿着奇装异服。如果我穿着平时的着装，反而会引人注目，说不定会引起一些毫无必要的突发事件。"

"那确实是的。"

"不过我有个解决办法。重点在于只要他们认为我们是同类就行了。"

"不会吧，会长。"

"是的，我们只要换装就好了。"

"但是，那……"

"如果装扮得不错，还可以把照片刊登在公司的内刊上。最近我完全没有机会接触普通员工，偶尔宣传下领导的平易近人也是不错的吧。"

"啊？"

"你不要觉得事不关己。我先说好，如果会长都换装了，秘书还是老样子，那就太不像话了。你也必须给我换装，这也是秘书科向所有员工宣传自己的机会。"

窃听的内容过了一会儿就没了。

"鸟海，这是……"

"无论是多么无懈可击的家伙，只要做的事情顺利，就会得意忘形。一旦得意忘形，自然会放松警惕，我们也就有了可乘之机。"

鸟海露出瞄准猎物般的眼神。

"我能够理解山路会长几乎是毫无防备的状态,这确实是千载难逢的机会。但是会长身边的妻池像影子一样跟在旁边呢。而且还是万圣节的涩谷,到处都是人啊。这种情况下,你打算怎么干掉这两个人呢?"

"这你不用担心,我都考虑到了。"

鸟海若无其事地说着。他那坚决的语气,虽然暂时让人很安心,但是一想到这种自信是扎根于之前的工作,瑠衣就完全开心不起来。

接着鸟海开始说杀掉两人的计划。瑠衣虽然有点害怕,但是和当初相比心情已经不可同日而语了。听完计划的全貌,瑠衣觉得虽然还有不确定的地方,但完全有成功的可能。

"当然,到今天之前我们必须获得大量的信息。这次因为外行的你也参加了,所以我们得细致地商讨一番。不过比起之前,你还有一个更大的问题。"

"什么?"

"不在场证明。你在山治建筑案中,是受害者家属的立场。如果山路会长和妻池被杀,那么受害者遗属也算是重要嫌疑人。如果你被抓了,那么我们也会被一网打尽。"

"我绝对不会把鸟海你们给供出来。"

就算这么断言,鸟海他们还是不会相信吧。即便除去瑠衣现在还是警察的事实,瑠衣也得不到他们十足的信任的。

"两败俱伤是我们不容许的。如果你搞不定不在场证明，我们是不会让你参加的。"

"如果是不在场证明的话，我会想办法搞定的。绝对不会给你们添麻烦。"

使东京圈人心惶惶的多人毒杀案件暂且告一段落了，但是因为侦查还在继续进行，瑠衣被调离了岗位。计划的三十一日究竟有什么事等着自己，只有老天爷知道了，无论如何，当下必须得满足鸟海的要求。

"如果把我排除在外，那么这个任务就等于取消了吧。"

瑠衣半带威胁似的说，鸟海厌恶地咂了下舌头。前期投资在增加，计划进行到这里，再回头也很难了。瑠衣难以想象自己对鸟海的态度会如此强硬，但是一旦做好了堕落的觉悟，就必须有过人的胆量。

"你给我说说你用什么方法去搞定不在场证明。我再重复一遍，我不打算和你一起自杀。"

"包在我身上。"

瑠衣重重地点了点头，但是她完全没有信心。曾经的自己是识破不在场证明，而现在则是制造不在场证明。因为情况有所变化，所以瑠衣没信心也在情理之中。

不过，距离下手只有不到两周的时间了，瑠衣必须想办法去制造不在场证明。

因为每一个刑警平时都要负责多个案件，所以即便瑠衣从多人毒杀案中被抽离，依然还剩下很多案件需要跟进。其中有一项工作，就是去被通缉中的柏崎洋七常去的地方蹲点。

嫌疑人柏崎和多个女性交往，因此瑠衣和志木连续多日在其中一个女性家旁边蹲点。

然后，在离万圣节不到一周的某天，瑠衣接到了宍户的指示。

"你最近一段时间只能一个人蹲点了。"

宍户像已经决定好了似的说着。在人手不足的侦查一科，两人一组的原则要土崩瓦解了。

"志木是不方便吗？"

"我们查到嫌疑人也会去其他地方。无一例外，这些都是和他有密切关系的女性。"

和嫌疑人交往的女性，之前查到的就有三人，现在又新增了一人，而且这还未必是最后一个。

"志木必须盯第四个人。因为那个女人住在台场，所以志木必须离开你们现在蹲点的地方。"

"没有援军吗？"

"现在每个组都只能调动自己手头的人，你是无法如愿要到援军的。东京都内发生的事件太多了。"

宍户放话似的说完。瑠衣虽然老老实实地听着，但一想到这宛如天降的幸运，就忍不住想去掐自己的脸。

瑠衣蹲点的人是嫌疑人交往的第三个女性牧村加津美，住在道玄坂。如果从道玄坂去 JR 涩谷站，那不是近在咫尺吗？如果顺利的话，制造完不在场证明之后，说不定还能和鸟海他们会合。

"之后是你一个人蹲点。就算柏崎出现在现场，你也不要去抓他。"

虽然瑠衣很生气，但是对于宍户之后说出的话，除了点头也别无他法。

"你也知道，抓捕的瞬间是最危险的，别急功近利。确认完，立刻跟我联系就行。"

"但如果柏崎试图逃跑，我和你迅速联系完也不得不去追踪。"

"你追他我不管。借给你的手机是装有GPS定位功能的，无论你移动多少，我们都知道。"

宛如天降的幸运在转瞬间便破灭了。如果瞄准机会从蹲点的地方去和鸟海他们会合的话，那么GPS是始终知道瑠衣的行动的。这就像在空中监视着自己，瑠衣无法动弹。

"你也是被保护着的。别担心。"

对于进退两难的瑠衣而言，宍户的关心还真是多此一举。

"宍户组一直一起行动。"

不，如果一起行动的话，那就太令人苦恼了。瑠衣表情变得拘谨，不想让人察觉到自己的内心在动摇。也许是看到瑠衣恰到好处的紧张感，宍户满意地点了点头。

"可以通过GPS捕捉追踪啊，简直就像是拴了狗链的狗。啊，你们原本就是国家权力的忠犬。"

听瑠衣说完的比米仓，兴奋地讽刺了起来。这是因为连续犯罪所以厌恶警察呢，还是原本就讨厌警察所以实施犯罪呢？瑠衣想找个机会问下比米仓。

"有没有什么方法不用被 GPS 束缚住？"

瑠衣穷追不舍地问道。在万圣节那天，能够和鸟海他们会合的机会只能想到这个了。

"道玄坂和涩谷站不是很近吗？警察用的 GPS 不怎么样，你稍微移动点位置也没人知道。"

"你不要小看警察的装备。虽然来得有点晚，但我们现在开始用'准天顶卫星系统'了。"

听到准天顶卫星系统，比米仓稍微服气了些。比起警察的立场和信条，比米仓似乎对警察拥有的装备和技术更感兴趣。

2018 年，准天顶卫星系统正式启用。这个系统 QZSS（Quasi-Zenith Satellite System）和 GPS 兼容，可以和 GPS 一样通过卫星的电波计算位置信息。而且，通过和之前的 GPS 整合，将位置测定精确度的误差从之前的以米为单位提升到以几厘米为单位。

"你完全是在拾人牙慧，我们已经在使用'GNSS View'这个软件了。"

"这是一个只要指定任意时间和场所，通过公开的定位卫星的轨道信息，就能计算出卫星排列的配置，之后就会显示 AR 图像（合成现实图像和数字信息的图像）的软件。我现在用的就是这个。不过确实，如果是准天顶卫星系统的话，你完全没法移动。"

"所以我很苦恼啊。你帮我想想办法啊。"

"也不是没有办法。"

"你等一下。"

紧接着，一直保持沉默的鸟海插话了："你离开蹲点的地方时，如果柏崎出现了怎么办。当时是可以不管，但是你之后自由行动了，一旦暴露的话是不能搪塞过去的。"

"那就算当不了警察了，我也不后悔。"

"你后悔不后悔随你的便。我说的是我们会受到牵连。"

"如果你们担心受牵连的话，那就给我想个好办法。"

瑠衣索性蛮横到底。虽然这样会被人觉得是在胡搅蛮缠，但如果不能参加鸟海他们计划的话，自己就永远地失去了为父报仇的机会。

"你这次是反过来威胁我们了，真是个了不起的警察。不是交给专业的人去做这个正确的选择吗？"

"这本来就不是什么正确的工作吧。我已经不在意形式了。"

不在意形式。鸟海和比米仓似乎是被瑠衣的举动给惊到了，两个人瞠目结舌地看着瑠衣。

"直到现在，我都只想给我爸报仇。其他人的想法随他们的便，懂吗？我本来不想找你们帮忙的，我想一个人干掉山路领平和妻池。就算是不能再当警察，就算被问罪，我也无所谓。"

不能否定，瑠衣是在自暴自弃。但是，一想到诚也他们的懊悔，瑠衣便毫不犹豫地吐露了自己的真心话。

鸟海故意大声地咂了咂舌。

"你都这么大年纪了，行事不要再像个小孩子一样。真是不像样。"

"复仇和年龄无关。现在鸟海你做的工作，难道最开始不是为了个人复仇吗？"

被一针见血地猜中后，鸟海陷入了沉默。鸟海似乎很少被人怼得这么哑口无言，比米仓看着两个人的互动，露出兴趣盎然的样子。

"刚刚鸟海是输了呢。"

"你好吵。"

被鸟海瞪了后，比米仓伸了下舌头。

"没办法。你要想到能和我们会合，还不被人知道你离开了蹲点地方的方法，那我就没意见。"

"谢谢。"

"之后我们来告诉你步骤。在这之后，你来决定是亲手杀死山路会长还是妻池。"

鸟海开始详细地说明杀人计划。虽然越听越觉得离奇，但是讴歌自己的"黄金时代"的山路领平现在是前所未有地放松了警惕。因此，越是离奇，越是超出山路的常识，实现的可能性就越高。

随着话题的深入，瑠衣渐渐清晰了自己的目标对象。

"我想杀掉山路领平。"

刚说完，鸟海就会意地点了点头。

"这是个妥当的选择。如果你说你想杀掉妻池，我们会全力阻止的。"

"那你们最开始说出来不就行了？"

"我们想尽可能地去听委托人的意愿。"

"我还不够格去做妻池的对手。"

"是的，据我们所知，他已经杀掉三个人了。联系他在进入山治建筑前的经历，我们非常清楚他是一个非常危险的对象。他在某方面是专业的。"

"可我也是专业的。"

"警察是不杀人的。"

但是，自己却是杀人的行家。仿佛鸟海下一句就要说这话似的。

现在瑠衣自己也是杀人犯的一员了。

脚底涌起了一股恐惧感，瑠衣忍不住想吐。无法藏匿的懦弱显露在瑠衣脸上，鸟海望向这边。

"你怎么了？"

"我没事。"

"是终于到了实施阶段，你害怕了？"

"不是的。"

"我没看错。你这是非常正常的反应。如果反过来你表现得很镇定，我们会更不相信你的。"

虽然感觉这道理有点矛盾，但从鸟海嘴中说出来，又有种异常的说服力。

不过，在瑠衣刚松了口气没一会儿，鸟海又非常冷淡地说道："即便之后被你憎恨，我也要先说清楚。如果计划中或者计划结束后你作案失败被抓，在你全部招供出来之前，我们会将你灭口。"

鸟海望过来的眼神阴沉发暗，深不见底。

4

十月三十一日的下午四点，地点在宫益坂。与柏崎相关的第三个人牧村加津美从上班的大楼里走了出来。平日里她都是六点以后下班，今天却出来得这么早。自不用说，这是她预料到了万圣节这天自己家附近会拥堵不堪。

瑠衣尾随在她之后三十米的地方。越接近JR涩谷站，穿着cosplay服装的年轻人就越多。

车站周边搭建了像瞭望塔一样的脚手架，涩谷署的警察对着行人不断发出警告。

"请不要在这里拍照。"

"请不要站在这里。"

"cosplay蜘蛛侠的那个人，你要搭讪请去别的地方。"

区和地方的警察从前几天就加强了戒备，增派了安保人员的巡逻车、增加了交通指挥的时间和人力。但是，依然找不到一个合适的场地容纳下想在万圣节狂欢的年轻人。和往年一样，JR涩谷车站前变成了庆祝的场地。

走在车站附近，瑠衣注意到穿着cosplay服装的行人出乎意料地听从着警察和保安的指示。制造问题的只是逆着人流任性拍照的年轻人和正在搭讪的看起来很轻浮的家伙。去年以前，瑠衣面对此景都会蹙眉不已。但因为现在的形势，能够混在人群里对瑠衣而言反而是件好事。

牧村加津美穿过人群，走在道玄坂上，回到了自家公寓。瑠衣将连着手机，并附有麦克风的耳机佩戴在右耳上，小声汇报着。

"追踪对象，已经到家了。"

"她跟谁接触过吗？"

"虽然她经过了拥挤的JR涩谷站，但是没跟任何人接触。"

"柏崎也不在其他女人这里。"

听着声音，瑠衣眼前浮现出宍户焦头烂额的脸。

"柏崎逃跑时带的钱应该快用完了，他应该会跑到女人家里去。你不要放过任何一丝的机会。"

一般情况下，蹲点是轮流制。但偏偏这次，在那个女人第二天离家前，都由瑠衣一人负责。如果是在平时，瑠衣对宍户粗暴的用人方式会表现得很愤慨，但今天的瑠衣却感觉这是雪中送炭。

"寒风刺骨，你彻夜蹲守很辛苦。但是无论你有多少抱怨，我之后再听你说。总之现在，你只蹲守柏崎就行。"

"没关系的。"

宍户说的话完全没进脑子。

"一定会顺利完成。"

挂掉电话后，瑠衣藏身到了公寓附近停靠的隐形警车中。因因为不能让人察觉到自己藏在这里，所以瑠衣关了引擎，也没有启动空调。

公寓的出入口只有一楼正面的玄关和垃圾收集点，但是从这个位置可以同时监视到两个地方。在这期间，出借的联络手机一直不间断地发送着位置信息。在搜查总部，瑠衣的行动也是以厘米为单位被公开显示着。没什么好说的，用肉眼监视着追踪对象的自己，被更加细密且周到的系统监管着。

下午四点四十分，车内变得比外面更冷。瑠衣抱着自己的肩膀，她感到背部发冷，浑身微微颤抖着。

虽说自己是警察，但是接下来会对别人的杀人行为视而不见，而且自己也会杀人。复仇是正当的权利，如果让山路领平和妻池继续活着，必然会产生新的受害者。但是，现行法律又无法制裁这两个人。因此，将这两个人从这个世界上抹杀掉，是有充分理由的。

但无论是什么理由，应该维护法律秩序的自己，按照个人意志违背了法律也是不可否认的事实。

瑠衣多次劝说自己。

瑠衣多次想起诚也的懊悔。

瑠衣多次下决心。

即便是现在，瑠衣的胸口也在撕裂般地疼痛着。自己的优柔寡断是前所未有地无情，同时也令自己前所未有地安心。

四点四十五分，瑠衣用双手拍了拍自己的脸颊。

触犯法律，犯下杀人罪行的自己一定会下地狱，但即便这样也没关系。即便有人朝她的尸骸上吐口水,她都甘愿接受。

瑠衣以前就想过:害了别人,最后也会害了自己。但是即便杀人者变成被杀者,自己也毫无怨言。如果山路领平和妻池会下地狱,那么自己理应也下地狱。

"瑠衣。"

左耳佩戴的耳机中传来比米仓的声音。

"到时间了。"

"知道了。"

瑠衣从逼仄的车内换完衣服后,慢慢地打开了车门。瑠衣看向四周,发现走向 JR 涩谷站的行人中,有好几个人都装扮各异。

瑠衣也换装成一个角色。因为没有化妆,只是戴了一个面具,所以没怎么花时间。一走到车外,比米仓就说起话来。

"不是很合适吗?"

"我只是戴了个面具,没有什么合适不合适的吧。"

瑠衣知道比米仓开玩笑是为了稍微缓解下自己的紧张感。不过开玩笑的当事人并未出现在眼前。滞留在上空的无人机拍到了自己。虽然不到两百克的小型无人机若是想在万圣节的 JR 涩谷站周边飞行,是需要提前向警察署提交书面报告的,但是比米仓压根儿没有一丝守法的意愿。

瑠衣混进穿着 cosplay 服装的人群中,朝车站走去。

车站附近挤满了人。到处是打扮成人气动漫和美漫角色的行人和想要拍他们的人,路上水泄不通。脚手架上面的警察在不停地提醒着行人,但是效果甚微。聚集的数万人是不可能按照规定行动的，人群中总是出现互相推挤、擦肩而过甚至起冲突的情况。

虽然这个场景让瑠衣有一种来到了异世界的错觉，但是想起自己也是穿着一样的装束后，瑠衣回过神来。在这里，不日常就是一种日常，瑠衣也是同类。

瑠衣环顾四周，寻找着山路领平和妻池的身影。时间已经来到了下午五点。根据事先获得的信息，这两人应该到下班的时间了。

"比米仓。"

"我好好地听着呢。那个，我在看。"

"你是把无人机飞到车站上空了吗？"

"那个很明显吧。我在看车站的监控录像。"

"山路领平和妻池现在在哪儿呢？"

"出了公司总部了，现在正往车站来。"

"在哪儿啊。告诉我位置。"

"从瑠衣你所在位置看的话，在大盛堂书店方向。"

瑠衣看向指示的方向。

看到了。

一身怪物打扮的山路领平背后，站着面戴特摄英雄面具的妻池。由于是怪物与英雄的组合，站在一起完全没有不协调感。在窃听中，山路领平说："反正要换装，干脆扮成怪物好了。"当他说这句话时，瑠衣惊讶得合不拢嘴。不过自以前开始，山路领平就自诩过"建筑界的怪物"——这个选择也合情合理。意外的是妻池的反应。在被山路领平下令"因为我是怪物,所以你来演英雄"时,仅凭聊天气氛也知道妻池的抗拒。

总而言之,不靠近山路他们,就没有任何意义。瑠衣拨开人群,去接近这两个人。但因为还没穿习惯的服装和拥挤的人群,瑠衣没法顺利地走向前去。如果不快点的话,山路他们就要从车站附近离开了,那样将会失去袭击的机会。

瑠衣心急如焚,但怎么也前行不了。正在这时,耳边传来了低语。

"不要磨磨蹭蹭。"

循着声音转过头,旁边站着一个小丑。

自不用说,这是鸟海装扮的。无关着装,但因为鸟海化着非常浓重的妆容,所以就连熟人也认不出来。如果不是事先知道,瑠衣完全看不出来。

鸟海抓着瑠衣的手腕在前面开路。也许是习惯了这种情况,鸟海能够毫不费力地绕到山路他们的后方。

即便不是正式的盛装游行,周围也呈现出一派异样的喧闹。有人在嘟囔,音乐在流淌,欢呼声和谩骂声、混乱和自由交织,形成了一种喧嚣的昂扬感。

"请不要聚集在这里。"

"请不要大声播放音乐。"

"禁止拍照。请不要妨碍通行。"

警察哑着嗓子警告,但声音依然淹没在喧嚣声中。路上突然出现跳舞的人。这种氛围之下,即便发生乱斗和暴动都不足为怪。

瑠衣拼命维持着变弱的判断力，偷偷跟在山路他们后面。在走到距离他们还剩五米左右的地方，突然被一群并排走在前面的女生挡住了去路，没法再继续靠近了。

这时，比米仓联系了瑠衣。

"慢慢要扩散了。"

说完，走在前面的女孩子们突然全体尖叫起来。

"不会吧。'COOLE'也来了万圣节，而且还是全员来了。"

"惊喜音乐会，听说是十七时十五分开始。"

"会场，在广场前面。不就是在眼前吗？"

"走。"

除了这些女生，看到社交软件上的新闻的人都一齐朝着东急广场蜂拥而去。COOLE是一个偶像团体，在涩谷车站附近开惊喜音乐会是比米仓故意散布的谣言。

这么明显的谣言真的行得通吗？知道计划详情的瑠衣提出过疑问，但比米仓自信满满地这么说道："当天，涩谷车站附近已经沉浸在节日的氛围当中，人们失去了一贯的判断力。偶像团体在万圣节开惊喜音乐会也是有可能发生的。在平时对这种新闻持怀疑态度的人，一旦沉浸在这种节日氛围中，就会轻易地上当。"

这是一个愚弄粉丝的计划，但是实际操作起来却效果显著。因为突如其来的人流，车站附近的人群开始乱成了一团。有人被推倒，有人和同行的人走散。混乱发生了，欢呼声变成了悲鸣声，骂声变成了怒吼声。

山路他们也没有例外。由于横向的力量一挤，山路和妻池一瞬间就被分开了。虽然妻池看起来很慌张，但是走在前面的山路似乎没有察觉到周围的变化，依然悠闲地走着。

"就是现在。"

随着鸟海的暗号，瑠衣跑了起来。

鸟海决定先从妻池背后来个双肩下握颈。为了打掩护，瑠衣挡在了妻池前面。

"你这个家伙，想干……"

鸟海没给妻池全部说完的机会。像紧抱着妻池的上半身似的，鸟海封住了妻池的口，然后拿出偷偷带着的冰锥，朝妻池右肋骨下面狠狠地刺了下去。

妻池瞪大了双眼，一句话也没说出来。可想而知，鸟海刺下的冰锥尖头装了机关，只要一按手里的开关，尖头就会像花瓣一样散开。刀尖一旦刺进心脏位置，里面的器官组织就会支离破碎。就算妻池想抵抗也无法做到。

瑠衣对眼前的杀人行为视而不见。不，不是视而不见，而是刻意在打掩护。

从妻池的表情来看，无法判断他是在向他们求救，还是在诘问他们。杀掉瑠衣父亲等人的执行人终于咽气了。

瑠衣突然感到心中失去了一样重要的东西。这东西是对法律的遵从，是自己的职业道德，以及自己的良知。

"走。"

鸟海刚说完，就抱着妻池的身体跟着人流消失在东急广场方向。在旁人看来,像是在扶着身体不舒服的同伴。

之后就该自己出场了。瑠衣朝着山路奔跑起来。

和妻池走散后到处乱窜的山路看到跑来的瑠衣,一副安心的样子。

"你刚刚去哪儿了?"

山路认错人也在情理之中。瑠衣穿着和妻池一样的着装,戴着一样的面具。

在确认完二人会如此打扮后,鸟海就命令瑠衣买了同样的衣物。如果是在平常,山路绝不可能认错人。但是如果戴上面具,就有了可能。瑠衣也能装成妻池的样子接近山路。

瑠衣拉着山路的手朝逆着人流的方向走去。这样一直走下去,穿过井之头路,就会走到停着梅赛德斯·迈巴赫的涩谷巴而可百货商场。

瑠衣用手势示意山路脱掉身上的着装。山路虽然有所怀疑,但又像想起什么似的说道:"确实,如果我一直穿着这个的话,员工们会很震惊。"

喧嚣像是被东急广场吸走了似的,后巷里除了瑠衣他们别无他人。

千载难逢的机会来了。

脱掉怪物衣服的山路大口地喘着气。

瑠衣没有放过山路浑身无力且缺乏警惕的瞬间。她从怀里拿出和鸟海一样的冰锥,一瞬间屏住了呼吸。

"爸。"

"对不起。"

瑠衣屏住呼吸,将冰锥的尖头朝着山路的脖子后方猛戳上去。

因为这冰锥本来是破冰的工具,把手很粗,所以击溃感更为清晰。手掌感受到刺破肉体、刺穿身体组织的声音。

山路似乎还没有理解自己身上发生了什么,他用一种不可思议的神情看着这边。

瑠衣摘掉面具,让山路看清自己的脸。一瞬间,山路的脸上满是惊愕。

冰锥尖头已经刺入山路体内,刺破了他的喉咙。伴随着"呼隆"一声,山路吐出大量的鲜血。

"你去给我爸道歉!"

一拔出冰锥,山路的身体就立马倒了下去。

如果有孩子在场,看着事情发生的经过,会以为是英雄打败了怪物吧。

但是事情恰恰相反。这只是一个怪物被另一个怪物捕食的故事。

瑠衣重新戴上面具,飞速朝牧村加津美的公寓跑去。在奔跑的途中,右耳突然传来宍户的声音。

"春原,你听得到吗?"

瑠衣的心脏一瞬间仿佛停止了似的。

"当然,组长。"

"柏崎出现在了台场的女性家里。你现在立刻去和志木会合。"

"收到。"

JR涩谷站周围依然布满了穿着cosplay服装的行人，谁也没有注意这个疾速奔跑的英雄。好不容易跑回隐形警车后，瑠衣脱掉面具和装束，扔进了后备箱。

一坐到驾驶位上，瑠衣全身像得了疟疾般浑身颤抖着。

自己杀人了。这只手拿着利器刺向了对方的后颈。现在那种触感还残留在手上，恐怕这种感觉一辈子都不会忘记了。

瑠衣在车内发出了尖叫声。

不知道是愤怒还是悲伤，也无法辨别是后悔还是成就感。瑠衣抑制不住地大叫着。

眼泪流了出来。令人吃惊的是，鼻涕也流了出来。

瑠衣大叫着发泄完，擦干满脸的泪，发动了引擎。

这个夜里，警官春原瑠衣的正义死去了。

后记

最终，宍户组的数名侦查员获悉柏崎潜逃到了台场的女性朋友家，并成功逮捕了柏崎。这件案子告一段落，但同时发生了别的事件。在JR涩谷站，山治建筑会长山路领平和秘书妻池东司的尸体被接连发现。

"好巧不巧，他们死在万圣节人潮拥挤的车站附近。"

宍户望着瑠衣，胡乱地撒着气，但他应该没有想到瑠衣本人参与到了这起事件中。

虽然两人的尸体是在不同地方发现的，但是侦查判断被杀的凶器是同一种。因此这起事件被判定为是同一人连续作案。

"山路会长和秘书妻池在下午五点后同时从公司下班。也就是说，凶手是趁着这两人走到JR涩谷车站的人流中接连作的案。只能说真是胆大包天。"

宍户对着侦查相关人员咬牙切齿，其实他这么生气还有别的原因。在两人都被杀害的下午五点左右，JR涩谷车站周边的监控全部停止了工作。因此，不仅没拍下杀人的瞬间，连同一时间段车站周边的录像都无处可寻。此外，即便收集目击证言，山路会长和妻池秘书所装扮的怪物和英雄都是最近很火的动漫角色，穿着同样装扮的其他人也大有人在。因此，目击信息错综复杂，难以整理。

自不用说，全面罢工的监控是比米仓的"杰作"。比米仓入侵了管理系统，然后只用了几分钟的时间就使监控无法工作。对他而言，这个工作如同儿戏般容易。

因为山路会长和妻池秘书遭到杀害，作为山治建筑案的被害者家属的瑠衣也有作案的嫌疑。不过，只要瑠衣告诉他们——事件发生时，自己一直在与柏崎有关的人的家附近蹲守，一步都没有移动后，就不会有人质疑了。不仅仅是目击信息，侦查总部安装的GPS的AR也证实了这一点，无可辩驳。

不过，反过来利用警察的侦查功能，也是比米仓的工作。

"有一个叫'Fake GPS location'的软件。"

比米仓得意扬扬地说道。

"总之，位置是可以伪装的。看，不是有一个在街道中四处寻找角色的游戏吗？四处走动很麻烦，所以有人开发了这么一个伪装GPS信息的软件。使用它就可以在任何场所进行移动。当然，这是违背规则的。所以提供GPS信息的这方也必须制定对策。就像之前一样，这是个捏手背游戏。滥用的这方总是要跑在最前端，警察使用的'准天顶卫星系统'也不例外。因为要多次更新版本，在更新时，其他的虚假软件也在开发中。"

瑠衣从蹲守点离开后，比米仓就把手机里的GPS位置替换成假的GPS信息。当然，为了留意柏崎是否会来到牧村加津美家，比米仓的无人机也在蹲守点上方飞行着。所以,柏崎在台场被发现,对瑠衣来说是一种幸运。

"关于山治建筑案,本来除了须贝以外,其他的都被判断为与犯罪无关的事件。但是由于会长和秘书遭到杀害,事情又回到了原点。去他妈的。"

"我能参与侦查吗?"

"与事件相关的家属不能参与侦查,和以前一样。"

"真是遗憾啊。"

鞠了一躬后,瑠衣回到了自己的座位。因为鸟海制订的计划天衣无缝,所以没有一个人怀疑瑠衣也参与了其中。

至少现阶段是的。

结束上午的工作后,藤卷佳衣子打来了电话。佳衣子在知道了山路会长和妻池秘书的事件后,告诉瑠衣这么一个情况。

"话说上周,我家收到一个快递。里面有一千万日元,中间还有一张写着'奠仪'的纸。我很在意这件事,就去问了须贝的夫人。她说她那边也收到了现金。莫非春原你也收到了?"

"是的,我也收到了。"

"啊,果然。"

佳衣子轻易相信了这个拙劣的谎言。

"山路会长和妻池被杀是跟什么有关吗?"

"现在案件还在侦查中。我没法参与侦查。"

"这么说似乎不好……但是我不太希望犯人被抓到。"

"这可不能大声说出来。请您说话慎重点。"

"知道了，春原，你也要好好的。"

佳衣子挂断了电话。

好好的？

从肉体而言，瑠衣的状况是非常不错的。但是，她精神的一部分已经消失了。从孔隙透入的风空洞地吹着。

JR 涩谷站附近的事件被报告的两天后，东京地方检察特别搜查部以有价证券报告书记录作假和贿赂国家交通部议员的嫌疑，对山治建筑总部进行了强制搜查。不久后，山治建筑的施工费弄虚作假和洗黑钱事件曝光，特别搜查部认定这一切都是山路会长的指示。

也有人怀疑藤卷亮二等三人的事故与此有关。但是，东京地方检察和警视厅都没有明确发声。只是网上出现了各种各样的臆测，多数人认为山路会长和妻池秘书的死都来自于害者的复仇。如果不从道德的角度来看，这种看法很符合对复仇抱以宽容的日本人的国民性。

这是对不被制裁的恶的愤怒，以及替被害者家属完成的复仇，这是来自黑暗中的铁锤。同样，在各种人微言轻的小人物集聚的社交媒体上，不知何时开始，人们将 JR 涩谷站案件的凶手推崇为英雄。

为了方便起见，还取了一个专门的名字。

"私刑执行人。"